사랑의
기억

철학자 김진영의 아포리즘

사랑의 기억

한길사

2 ————————————— 그 봄날의
이
별

4 ─────────────────────────── 또 다른
세상을 꿈꾸는 사람

5 ─────────────── 아름다운 것은 언제나 그립다

7   안타깝지 않은 걸음으로

1 _____ 왜 우리는

늦게 사랑하는 걸까

꿈꾸는 멜랑콜리

묵시론에는 두 가지가 있다.

심미적 묵시론과 종교적 묵시론.

심미적 묵시론은

그들의 예언이 멋진 오발탄이 되기를 바란다.

종교적 묵시론은

그들의 예언이 신탁처럼 적중하기를 원한다.

왜일까.

전자에게는 세상이 끝나도 아무런 구원이 없지만

후자에게는 종말 뒤에 파라다이스가 있기 때문이다.

심미적 묵시론 속에는 망설임의 제스처가 있고

종교적 묵시론 속에는 초조한 자살충동이 있다.

어떤 삶은 두 묵시론의 맷돌질 사이에서

몽상의 수액을 짜낸다.

멜랑콜리는 그 수액을 마시며 피어나는 꽃이다.

아우를 위하여

서울에서 걸려온 새벽 전화.
어머니가 먼 소음들 안에서 울먹이며
그애가 아주 갔구나…
서둘러 항공표를 예약했다.
프랑크푸르트에서 밤 비행기를 탔다.
서울은 뜨거운 대낮이었다.
또 왔어?
한 달 만에 다시 보는 공항의 여름이 찡그리며 인사한다.
어머니가 달려와서 손을 잡는다.
그애가 아주 갔구나…

그를 만나러 갔다.
술을 사고 사탕을 사고 포도를 많이 샀다.
모든 것에 고개를 저었지만
그래도 달게 먹었던 새까만 포도.
갈아엎은 흙빛은 아직 붉었다.

묘는 벌거벗고 추워하는 것 같았다.

쓰러진 조화를 일으켜 세웠다.

뿌리 없는 꽃들은 벌써 시들어 있었다.

절을 하고 담배를 붙여주었다.

돌아서니 능선 너머 푸른 하늘이 바다 같았다.

사람들이 산 아래 밭에서 김을 매고 있었다.

바람에 잘리면서 라디오 소리가 산을 타고 올라왔다.

그가 아주 외롭지는 않을 것 같아 안심이 되었다.

겨울에는 어쩌지? 지장보살 지장보살…

어머니는 쉬지 않고 경을 외는데

바람이 다 피워버린 담배는 벌써 꺼져 있었다.

잠이 오지 않는다.

그는 이제 약호가 사라진 암호문이다.

외출.

중심가를 혼자 걷는다.

가는 곳마다 서울은 낯설다.

갈 곳이 없다.

젊은 시절, 갈 곳을 잃었을 때
늘 숨을 곳이 많았던 도시가
내게는 서울이 아니었던가.
아무 곳이나 찾아들면
그곳이 내게는 가장 편하고 안전한 곳이었다.
그 게으른 자유와 환상의 시간은
이제 지나갔다, 그가 갔듯이.

추석.
올해는 아무도 앞마당의 대추를 따지 않는다.
긴 장대를 들고 지붕 위로 올라가는 건
언제나 그의 몫이었다.
그가 장대로 가지를 흔들면
시멘트 마당 위로 굴러떨어지던 붉고 푸른 대추들…
그해 추석에도
그는 대추를 따기 위해 집으로 왔다.
우울증으로 공부를 중단하고 귀국한 나는
일 년째 투병을 하고 있었다.
색깔 고운 알약을 삼키고

익사했던 낮잠에서 깨어났을 때
창밖에서는 농익은 대추알들이
정신없이 추락하고 있었다.
마당을 뛰어다니는 아이들의 즐거운 소리와
창밖의 새파란 하늘이 너무 현란해서
나는 얼굴을 베개에 묻었다.
아마 나는 차라리 죽고 싶었을 것이다.
그때 문이 열리고 그가 들어왔다.
형, 밖으로 나와. 햇빛이 너무 좋아…

절로 그를 보러 갔다.
그는 띠 두른 사진틀 안에서 웃고 있다.
하나도 억울하지 않고
하나도 슬프지 않은 것처럼.
그는 벌써 다 잊은 걸까.
기억은 남은 사람들만의 몫일까.
대웅전 앞마당은
부서지는 햇빛 때문에 눈이 부시다.
신발을 신다가 다시 그를 돌아본다.

너도 거기서 나와, 햇빛이 너무 좋잖아…
돌아서서 빈 하늘을 보는데
어디선가 해맑은 웃음소리가 터진다.
저만큼 부엌 앞마당에서 소녀 승들이
푸성귀를 씻고 있다.
하얀 팔뚝들이 너무 눈부시다.
왜 우리는 언제나 너무 늦게 사랑하는 걸까.
느닷없는 질문이 가슴에 찍힌다.

그는 캄캄한 비밀이 되었다.
나는 그를 풀어낼 수 있을까.
아주 오랜 뒤라도.

빈 의자

사랑하는 사람이 죽으면
아침마다 우리는 그가 앉았던
식탁의 빈 의자와 마주 앉는다.
때로 손님이 와서 빈자리를 대신 채우기도 하지만
의자가 앉는다고 채워지는 물건이 아니라는 사실만
더 확실해진다.
빈 의자를 치우지 않는 건
그가 다시 돌아오리라고 믿어서가 아니다.
그건 어느 한 사람만이 앉아주기를 원하는
빈 의자의 권리를 지켜주고 싶기 때문이다.
사랑하는 사람이 죽으면 내가 아니라
물건이 더 아프게 그를 기억한다.
그래서 우리도 멈추어버린 사랑을
쉽게 추월할 수 없는지 모른다.

다시 독일로

어머니와 둘이서만 공항으로 갔다.
탑승구에서 돌아보니까
어머니는 아직도 손을 흔들고 있었다.
양손에 가방을 들고 있어서
어머니의 손을 위로할 수가 없었다.
비행기 안에서는 잠만 잤다.
몇 자 제수에게 끄적이던 편지도 그만두었다.
서울을 향해서 쓰는데
쓰는 동안 비행기는 점점 더
서울로부터 멀어지는
그 거리의 허망함이 싫었다.
프랑크푸르트는 밤이었다.
여기는 벌써 늦가을이었다.
역에서 기차를 기다리는 동안
햄버거를 씹었다.
빵을 씹을 때마다 안개도

이빨 사이에서 씹혔다.

남쪽으로 달리는 기차 안에서도 잠만 잤다.

잠깐씩 눈을 뜨면 차창 깊은 곳에서

낯선 두 눈이 지켜보고 있었다.

역에서 택시를 탔다.

집 앞 골목에서 돈을 치르는데

계기판의 시계가 자정을 넘어가고 있었다.

서울을 떠나면서부터 한 번도

시간을 생각해본 적이 없었다.

지금 서울은 아직 오늘일까 벌써 내일일까.

가방을 끌고 골목 안으로 들어섰다.

골목이 끝나는 곳에 집이 있었고

창에는 불이 켜져 있었다.

그래, 나는 이제 집으로 돌아온 것이다.

그러나 나는 집을 떠나서 이곳으로 오지 않았던가…

모든 것이 뒤죽박죽이었다.

머리를 흔들면서 걸음을 뗐다.

안개가 발목에 걸렸다.

나는 비틀거렸다.

어젯밤 꿈 1

한 사내가 수용소에 갇혀 있다.

그는 부인의 편지를 기다린다.

편지는 매일 도착한다.

편지들은 보이지 않는 검열관의 손에서

모두 폐기당한다.

사내도 그 사실을 알고 있다.

그래도 그는 편지를 기다리고

아내의 편지도 계속 도착하고

편지들은 도중에서 모두 폐기당한다.

갑자기 사내는 기다림을 그만둔다.

그는 자살한다.

문이 열리고 검열관이

가슴에 편지들을 껴안고 나타난다.

죽은 그를 바라보는 검열관의 얼굴이

점점 또렷해진다.

그는 사내의 부인이다.

갑자기 수용소 문이 열리고
세상 밖으로 하얀 길이 이어진다.

소음

아침부터 미열.

뜨거운 국화차에 꿀을 탄다.

늘 그렇다.

아무리 조심해도 꿀은

어느 사이 손가락 어딘가에 옮겨 묻는다.

손가락 사이가 끈적이고

무심코 씻어내던 손가락도 끈적인다.

운명처럼 꼭 들러붙은 손가락들을 힘주어 떼어낼 때

얼핏 무슨 소리.

삶

살 만해지면 너무 조금 남아 있는 것.

흔적

지울수록 더 또렷해지는 것.

착각

방 안이 자꾸만 어두워진다.

촉수가 더 높은 전구로 전등을 바꾼다.

방 안은 거짓말처럼 밝아진다.

위로

그는 내게 위로를 받고 싶어 한다.
나도 무슨 위로를 해주어야 하는지 벌써 알고 있다.
위로를 주고 위로를 받으면서 우리는 음모한다.
진실은 더 이상 돌아보지 말자고.

거울의 뒤편

이럴 때 그는 자신의 벗은 몸을 보고 싶어진다.
그는 거울 앞에서 하나씩 옷을 벗는다.
그러나 결국 옷 벗기를 포기한다.
피부를 어떻게 벗어야 하는지
아무리 생각해도 그는 알 수가 없다.

불면

금요일 밤 열 시.
전차는 시립극장 앞에서 오래 정차한다.
주말의 콘서트와 연극이
끝나는 시간이기 때문이다.
두 여자가 전차 안으로 들어선다.
빈자리를 찾아서 나와 마주 앉는다.
한 여자는 자줏빛 스카프를 두르고
또 한 여자의 긴 목에는
진주 목걸이가 걸려 있다.
막 끝난 콘서트의 팸플릿을
한 권씩 손에 들고 있다.
쇼스타코비치는 참 좋았다고 스카프가 말한다.
브람스 해석은 지나쳤다고 진주가 말한다.
지난 주말에는 남자 친구와 그리스 식당에서
튀긴 생선을 먹었는데 너무 맛이 있었다고
스카프가 말한다.

고개를 끄덕이다가

진주는 입을 손으로 막으면서 하품을 한다.

어젯밤에도 잠을 못 잤어, 여자가 말한다.

빨간 포도주를 마셔봐, 스카프는 충고한다.

전차가 서고 친구는 내리고

잠을 못 자는 진주만 혼자 남는다.

여자는 차창에 어깨를 의지한다.

어두운 거리를 내다보다가 눈을 감는다.

속눈썹 그림자가 빗살무늬처럼 눈 밑에 그어진다.

어두운 차창 속에서

동그란 진주들이 하얗게 눈을 뜨고 있다…

불면의 밤에는 눈을 감아도

하얗게 열려 있는 눈이 또 하나 있다.

두 눈 안에는 어둠이 가득한데

그 어둠의 터널 저 끝에

동전만 하게 빛이 열려 있다.

그 빛은 힘주어 눈을 감으면 감을수록

오히려 광도가 높아진다.

그 빛만 꺼지면 곤한 잠 속으로 건너갈 수 있을 텐데

빛은 눈꺼풀이 없는 눈동자처럼 닫히지 않는다.

뒤척이며 그 빛을 피하다가 마침내 나는 묻는다.

"너는 누구냐?"

그 눈도 되묻는다.

"너는 누구냐?"

나는 결국 이렇게 묻고 만다.

"나는 누구냐?"

사랑의 습격

내가 그토록 숨기고 싶어 하는 바로 그것을
당신 또한 감추려 애쓰고 있음을 알았을 때
어떻게 내가 당신을
사랑하지 않을 수 있을까요.

사진 1

아우의 사진 한 장.

회사의 쇼룸 앞에서 그는 활짝 웃고 있다.

형, 보라고, 난 이렇게 자신만만하다고…

사진은 모든 것을 다 생각나게 한다고

바르트는 말한다. 맞는 말이다.

그래서일까.

사진을 볼 때마다 나는 모든 것을

다 잊어버리고 싶어진다.

오래 기다리기

너무 오래 생각하지 마세요

라고 그는 충고한다.

그는 모든 일을 빨리 빨리 잘 처리한다.

나는 망설이고 또 망설인다.

그는 벌써 저만큼 갔는데

나는 여전히 여기에 있다.

오래 기다리는 건 왜일까.

그건 어떤 예감 때문은 아닐까.

너무 빨리 걸으면

너무 빨리 갇힐 수도 있다는 것

나중에는 돌아 나올 수도 없을지 모른다는 것

세상의 속도와 인생의 속도 사이에

열려 있는 깊고 검은 입.

어떤 지도

아이들을 데리고 산책을 간다.

횡단보도를 건널 때까지

나는 아이의 손을 하나씩 꼭 쥐고 놓아주지 않는다.

아이들의 조막손은 긴장으로 꼬물거리고

내 손은 행복하게 간지럽다.

산책로가 시작되는 나무다리를 건넌 뒤에야

아이들의 손을 풀어준다.

튀는 공처럼 아이들은 앞으로 달려 나간다.

달려 나갔다가 돌아서서

두 팔을 벌리며 다시 뛰어온다.

호수를 한 바퀴 돌고 작은 언덕을 넘어서

집 쪽으로 U턴 하는 긴 산책길을

아이들은 늘 그렇게 새롭게 통과한다.

전진하다가 정지하고

후진하다가 다시 전진하는

사이사이 곁길로 탈선해서

오래 혹은 잠깐 꽃을 흔들고

풀을 만지고 돌을 주웠다가

다시 개울에 던지는…

목적지는 있어도 그 사이에는 길이 자유로운

그런 산책을 아이들은 알고 있다.

이리저리 벗어나지만

그렇다고 방향을 잊어버리지는 않는 길…

아이들을 따라 걸으며 어느새

나는 그런 삶의 로드맵을 상상한다.

행복한 동시성

일요일. 아내와 영화를 본다.

아일랜드 내전으로 갑자기 미망인이 되어버린 한 여자.

아이도 없고 갈 곳도 없는 여자는

시어머니와 함께 땅을 일구며 가난한 삶을 이어간다.

어느 날 중병으로 임종의 침상에 누운 시어머니가

작은 유산을 여자에게 건네며 말한다.

이 돈을 가지고 바다를 건너가거라.

그곳에서 새로운 인생을 시작하렴…

새로운 인생은 불확실하기만 해서

그녀는 망설이지만 마침내 결심하고 배를 탄다.

그녀의 여객선이 오스트레일리아의 어느 항구를 향해서

출발하는 바로 그 시간,

화면은 반전하고,

그녀의 첫사랑이었던 한 남자도 일자리를 찾아서

오스트레일리아의 그 어느 항구로 출발하는 배에 오른다.

이제 그들의 불확실한 새 출발은

신대륙의 어느 낯선 항구에서 이루지 못했던
사랑의 해후로 실현될 것이다.
헤어졌던 두 개의 시간이
저마다의 미로를 지나 하나의 시간으로
다시 만나는 행복한 동시성이
영화 속에는 있다.

행복한 동시성은 아내의 유년 속에도 있다.
어린 시절 아내는 배밭집 딸이었고
유년의 기억 안에는 하얀 배밭이 있다.
아내는 자주, 사는 일이 고단해지면,
유년의 배밭을 즐겨 기억한다.
배를 따는 철이면 밤에 잠이 오지 않았어… 라고
아내는 금세 소녀가 되어 이야기를 시작한다.
눈을 감으면 동그란 배들이 자꾸만 커지고 있었으니까.
아침에 일찍 일어나서 배밭으로 갔어요.
가는 길에 아침 햇살은 점점 따뜻해지고…
아내의 이야기를 들으면서
나는 눈앞에서 떠도는 두 장의 사진을 본다.

한 장은 배를 따기 위해서 아침 일찍 집을 나서는

어린 아내의 모습.

또 한 장은 아내를 기다리며

마지막 단물을 익히는 배밭의 노란 배들.

하지만 또 한 장의 사진이 있다.

떠돌던 두 장의 사진이 서로를 향해서 흐르기 시작하고

마침내 짝을 찾은 퍼즐 조각처럼 하나로 겹칠 때,

조그만 손을 내미는 어린 아내와

아내의 작은 가슴으로 굴러떨어지는

농익은 노란 배들의 사진…

아무도 모를 거야, 아내는 꿈을 꾸듯이 말한다,

그때 내가 얼마나 행복했었는지…

그러나 행복한 동시성이 영화 속에만 있고

유년 속에만 있는 건 아니다.

불확실한 일상의 지층 밑에서도

동시성의 시간은 지하수처럼 흐른다.

깊은 바다 밑에서 역저류가 흐르듯

일상의 시간 밑에서 몽상의 시간은 흐른다.

일상의 시간이 불확실성의 시간이라면

몽상의 시간은 그 불확실한 시간의 밑에서 흐르는

확실성의 시간이다.

일상의 시간 속에서 미래는 불안이지만

몽상의 시간 속에서 미래는 이미 실현된 행복이다.

모르는 사람을 만나러 가는 차 안에서

벌써 뜨거워진 사랑으로

행복하지 않았던 사람이 있을까.

몽상은 내가 소망하는 그것이

내가 바라는 그것으로 이미 실현되어

미리 존재하는 동시적 시간의 체험이다.

몽상은 미혹이지만

고래로 사람은 미혹의 힘으로 살아오지 않았던가.

몽상은 정말 미혹일까.

아니면 몽상이야말로 '진짜 현실'일까.

어디서 왔니

도서관이 싫어지면 시내를 걷는다.

걷다보면 저절로 발길이 닿는 장소 중에는

시립박물관의 앞마당도 있다. 긴 원형 계단이 있고

그 위에 걸터앉으면 어린이 놀이터가 보인다.

나는 왜 계단 위에 걸터앉으면 늘 행복해지는 걸까.

오늘은 햇빛이 좋아서 놀이터에 아이들이 가득하다.

미끄럼틀을 빠르게 내려가는 즐거운 비명소리와

공중에 그어지는 그네 줄의 포물선이

머리를 개운하게 만든다.

어른들은 계단 위에 점점이 앉아서

빵을 먹고 얘기를 하고 책을 읽는다.

한 사내가 내게로 걸어온다.

곁에 앉는다.

술 냄새가 코에 닿는다.

너는 어디서 왔냐? 그가 취한 목소리로 묻는다.

한국에서 왔다. 나는 대답한다.

나는 독일 사람이다. 그래서?

나는 이 도시에서 나고 자랐다. 그래서?

내 고향에는 외국인이 너무 많다.

그래서? 하고 물으려는데 한 아이가 앞에 와서 선다.

나는 반가워서 아이에게 웃어준다.

아이가 빤히 바라보다가 묻는다.

넌 어디서 왔니?

세월

옛 앨범을 정리한다.

신혼여행 가서 찍은 기념사진 한 장.

제주도 그리고 사월.

어깨에 여행 가방을 둘러메고

나는 무덤 앞에 서 있다.

내 몸을 사이에 두고 나뉜 반원의 무덤은

두 장의 펼친 부채처럼 보인다.

무덤 저편 배경은 초점이 허물어져서

빼곡한 송림의 그림자가 파스텔화처럼 뭉개져 있다.

나는 활짝 웃고 있는데

자세히 보면 사진의 오른쪽 한곳에

실패한 노출의 흔적처럼 작은 점 하나가 묻어 있다.

이게 뭐지?

인화된 사진을 들여다보면서 아무리 생각해봐도

아내와 나는 그때 그 희미한 흔적의 정체를

도무지 알 수 없었다.

그런데 지금, 달라진 건
그사이에 세월이 흐르고
흐른 사실밖에는 없는데,
나는 불현듯 어제 일처럼 또렷하게 기억한다.
그때 내 얼굴 앞으로 꿈처럼 날아가던
하얀 나비 한 마리를.

아우라

어머니 생각.

어느 뜨거운 여름날,

어머니는 펌프로 찬물을 길어 열무를 씻고 있었다.

하얀 티셔츠를 입은 어머니는 실루엣만 보였다.

시멘트 바닥 위에서 자글거리는 햇빛,

열무를 헹구는 맑은 물소리,

정원의 꽃과 화초들을 흔드는 낮은 바람…

여름날 대기의 미세하고 투명한 입자들에 둘러싸여

조용히 열무만 씻는 어머니와

흐드러진 초록의 열무 잎들과

정결한 열무의 알몸은

왜 그렇게 나를 아연하게 만들었던지…

그런데 이상도 하지.

금방이라도 어머니가 집을 나가버릴 것만 같아서

나는 얼마나 무서웠던지…

그때 어머니는 정말 어디로 떠나갔던 건 아닐까.

조찬담화

독일 사민당 슈미트 전 수상과의 인터뷰 기사.
재임 동안 자기는 예술가와 작가들을 초청해서
자주 담화를 나누었다고,
지금의 콜 수상은
그 방면에 영 관심이 없는 모양이라고,
그는 은근히 기민당의 실용주의를 꼬집는다.
하지만 그쪽이 더 나을 수도 있다.
아니면 예술가와 작가들이 작업은 팽개치고
유세만 다닐지 모르니까.

헤겔과 마리화나

헤겔 수업을 마치고 도서관 앞마당으로 나온다.

벤치에 앉아서 담배를 피운다.

가죽 옷을 입고 머리를 분홍색으로 물들인

펑크족 친구가 슬금슬금 다가온다.

담배 하나 줄 수 있니?

나는 그에게 담배를 뽑아준다.

그는 담배의 가는 허리를 살살 만져서

연초들을 모두 털어내고

가죽봉지에서 꺼낸 마리화나를 그 안에 대신 채운다.

한 모금 피울래?

그가 웃으며 묻는다.

나도 웃으며 고개를 흔든다.

캔 꼭지를 벗겨낸 맥주부터 마시고

그는 연기를 깊이 들이켠다.

연기는 한 모금도 그의 코 밖으로 새어나오지 않는다.

맥주를 마시고 연기를 삼키고

두 눈이 점점 잉크 물처럼 풀어지면서

그는 자꾸만 혼잣말을 중얼거린다.

두 눈을 감고 하늘을 향해 벤치 위에 길게 눕는다.

그는 죽은 것처럼 꼼짝도 안 한다.

어디선가 마른 잎 하나가 포물선을 그으며 떨어져서

그의 몸 위에 안착한다.

정신은 본래 직선으로 발전하도록 태어났는데

어쩌다가 비스듬히 방향을 잃으면 인간은

그만 '불행한 의식'에 빠지고 만다고

조금 전 헤겔학 교수는 힘주어 말했던가.

그러나 그는 지금 헤겔의 그 발전적 직선을 탈선해서

어디론가 떠난 것 같다.

직선으로는 갈 수 없는 곳,

지그재그 곡선으로만 도착할 수 있는 어느 곳으로.

새도 복싱

동물의 세계는 단순하다.
그곳에는 생존투쟁의 법칙만이 있다.
유토피아의 세계도 단순하다.
그곳에는 행복의 향유만이 있다.
인간의 세계도 단순하다.
그곳에는 모든 것을 다 먹어 치우는
거대한 입만이 있다.
그것이 식욕이든 욕망이든 자본이든.

밤의 카페

밤이 오면 동물들은
더 어두운 동굴을 찾아간다.
밤이 오면 사람들은
더 밝은 카페를 찾아간다.
문화는 동굴로부터 해방될 수 있을까.

즐거운 졸병

새까만 다족류 갑충 한 마리.
양탄자 위를 대각선으로 횡단한다.
휴지를 뭉쳐서 누르려다 나는 멈칫한다.
위험도 아랑곳없이
어디론가 질주하는 가는 다리들.
갑자기 갑충을 따라가고 싶어진다,
즐거운 졸병처럼.

샴푸 냄새

불면의 밤 나는 아이의 방으로 간다.

잠든 아이 곁에 눕는다.

아이를 꼭 안고 머리칼 속에 코를 박는다.

샴푸 냄새와 젖 냄새.

아이의 머리 냄새는 모든 것을 다 잊어버리게 만든다.

아이의 머리칼 속에 묻혀서

나는 어디론가 떠나간다,

그렇게 잠의 경계를 넘는다.

아마존의 연꽃

아마존 정글의 연꽃은
밤에만 피어서 온몸에 꿀을 저장한다.
동이 트면 부지런한 벌들이
모두 연꽃으로 모인다.
연꽃은 꽃잎을 다물고 갇힌 벌들은
낮 동안 연꽃의 입안에서 꿀을 탐닉한다.
다시 밤이 오고
연꽃이 다물었던 입을 열어 활짝 피면
꿀에 취한 벌들은 사방으로 날아가서
연꽃의 수분들을 대지 위에 퍼뜨린다.
정글이 파괴된 후에도
아마존의 연꽃은 여전히 밤에만 핀다.
새벽이 오면 입을 다물어
벌들을 입안에 가둔다.
그러나 밤이 되어 연꽃이 입을 열어도
벌들은 한 마리도 날아가지 않는다.

낮 사이 벌들을 모두 먹어치운 연꽃만

혼자 요염하고 화려해서 관광객들을

놀라게 할 뿐이다…

2 ──────────────── 그 봄날의
이
별

추억의 밖

동물원에 갔다.

곰을 봤다.

시멘트 우리 안에서

곰은 쉬지 않고 원을 그리며 돌고 또 돈다.

아무것도 할 수 없을 때

할 수 있는 단 하나의 행동이 곰에게는 반복일까.

아무것도 할 수 없을 때

할 수 있는 단 하나의 행동이 내게는 추억이건만.

곰아, 멈추어라. 멈추고

차라리 시멘트 장벽의 높이를 정확히 재거라.

나는 곰에게 충고한다.

곰이 빙빙 돌다가 나를 바라본다.

애야, 곰이 묻는다.

네가 사는 밖은 정말 여기와 다르니?

장밋빛 인생

오늘부터 크리스마스 연휴.

오후부터 세설이 뿌리는 거리는 붐빈다.

백화점 앞은 특히 만원이다.

구세군은 은종을 흔들고

쇼핑백을 가득 든 사람들이 지나가며 동전을 떨군다.

에스프레소가 맛있는 집을 찾아간다.

거리의 악사가 눈 내리는 노천카페 앞에서

아코디언을 연주한다.

에디트 피아프의 「장밋빛 인생」.

늙은 악사가 두 팔을 활짝 펼치면

아코디언은 병풍처럼 만개하고

두 팔을 모으면 종이 한 장처럼 줄어든다.

공명판의 먼지 낀 주름들이

꿈처럼 피었다 사라지는 사이

시간은 멜로디로 변하고

멜로디에 실려 인생은 장밋빛으로 바뀐다.

나는 그만 가뭇하게 행복해진다.

에스프레소처럼 진하고 향기로운 인생

그 인생 앞에서 무엇을 더 찬미하겠는가.

결심

새해의 결심.

올해는 더 철저하게 무의식을 감시하기로 할 것.

지난해 무의식은 의식에게 너무 아부만 했었다.

변증법

세상을 미워할 줄 모르면서
세상을 사랑하려는 사람이 있다.
세상을 사랑할 줄 모르면서
세상을 바꾸려는 사람이 있듯이.

데자뷔 1

새벽에 깨어났다가 다시 반수면.

잠깐 어지러운 꿈.

사람들의 행렬이 아스팔트 위를 걸어가고 있다.

맨 앞에 아버지가 서 있고

그 뒤에 어머니 그 뒤에 아내 그 뒤에 아이들…

모두 강시처럼 뻣뻣하고 말이 없다.

어둑한 거리는 텅 비어서

구경꾼은 나 혼자뿐이다.

나는 마음속에서 발만 동동 구르다가

벽 쪽으로 돌아눕는다.

어깨가 찬 벽에 닿았는지

겨우 땅에서 발바닥이 떨어지고

나는 빠른 걸음으로

행렬을 따라가 줄 끝에 선다.

등만 보이던 앞사람이 나를 돌아본다.

모르는 얼굴이다.

나는 선두로 달려가서

행렬을 세우고 싶지만 모르는 사람의 등 뒤에서

한 발자국도 벗어나지 못한다.

애가 탄 나는 사람들을 껴안으려고

두 팔을 앞으로 뻗는다.

두 팔이 엿가락처럼 늘어나더니 행렬을 포박한다.

그때 사람들이 일제히 뒤를 돌아본다.

야광처럼 번득이는 수많은 눈이

갑자기 분수로 변해서 수많은 뼈를 토해낸다.

놀라서 눈을 감다가 나는 등만 보이던

앞사람의 얼굴을 비로소 알아본다.

그는 죽은 아우다.

레드 와인

늦은 밤 혼자 포도주를 마신다.
새빨간 포도물이 온몸에 물들고
나는 서서히 풀어진다.
그래, 돌보지 않아 풍치처럼 흔들리다
빠져버린 사랑들이
그 사이에 얼마나 많았던가…

기억 1

여름은 다시 오고 나는
오래전에 죽은 아우를 잊었다.
기억은 언제나 망각 뒤에 온다.
이제는 기억들도 찾아오리라.

내 마음의 동물원

낙타야, 이제 일어나라.

신기루는 오아시스가 아니다.

달팽아, 이제 자자.

내일은 태평양을 건너가야 한다.

해체주의자

나는 해체하지 않으면 안 되는
형이상학 텍스트다.

데자뷔 2

잠들기 전 반수면의 긴 다리.

그 다리 위를 천천히 건너가던 아우의 뒷모습.

인텔리겐차

책은 권위다.
책을 많이 읽으면
자꾸만 권위에 약해지는 걸까.

첫사랑

첫사랑은 순간적인 사랑이다.

한눈에 반해버리는,

한눈에 모든 것이 완결되는 사랑.

어느 젊은 날의 사월,

햇빛 좋은 아침,

나는 그곳으로 들어가고

그녀는 그곳에서 나오고 있었다.

짧고 좁은 골목, 우연의 공간 이편과 저편에서

우리는 서로 빗나가기 위해서

마주 걸어가고 있었다.

그녀는 햇빛을 바라보고 나는 등지고 있었다.

그녀는 흰 이마 위에 손 차양을 만들었고,

사건은 일어났다.

손 그림자 안에서 새까만 두 눈이 반짝였고,

그 빠른 빛이 메두사의 안광처럼 내게 적중했고,

나는 돌맹이로 변해서

첫사랑의 순간 속으로 추락했다…

돌아보면 바보 같은 순간.

어이없는 석화石化의 순간.

그러나 그 바보 같은 순간 추락의

놀라운 가벼움을 나는 잊지 못한다.

나는 단단한 돌멩이로 변해서 추락했지만

그 돌멩이는 텅 비어 있었다.

모든 것이 일제히 밖으로 빠져나가고

나는 그저 텅텅 빈 껍데기였다.

그 텅 비임의 가벼움.

혹은 가벼움이라는 이름의 아연한 중력.

이후에도 물론 바보 같은 순간들은 있었다.

내 안의 모든 것이 일제히 밖으로 빠져나가는

출혈의 경험들은 또 있었다.

그러나 그 봄날의 놀라운 가벼움을

나는 두 번 다시 체험할 수 없었다.

그 누군가가 또 있어 나의 모든 것이 다 빠져나갔어도

그 첫사랑의 기억만은 마지막까지 내 몸속에

남아 있었으니까.

사로잡히기

사로잡힌다는 건 나를 사로잡는 것이

나를 부른다는 것이다.

사로잡힌다의 동의어는 그래서 '들린다'이다.

사로잡힐 때 들리는 어떤 웅얼거림.

이 웅얼거리는 소음을

듣는 태도가 세 가지 있다.

하나는 관능적 태도, '나는 빠져버리고 싶다.'

또 하나는 지적 태도, '나는 알고 싶다.'

마지막으로 미적 태도, '나는 대답하고 싶다.'

빠져버리는 사람은 알려고 하지 않는다.

그러나 대답하고 싶은 사람은 미분화한다.

나를 둘러싸는 모호한 소음,

나를 부르는 애매한 웅얼거림을

열고 떼어내고 나누고…

그러나 분해 해체된 것들을 재조립하지는 않는다.

해체에서 재조립으로의 이 미끄러짐,

습관적 자동성.

재조립의 유혹은 강력하고

이 유혹에 대항해서 내가 가지고 있는 무기는 단 하나,

멈추지 않으려는 미분화의

의지뿐이다.

미분화는 버팀이다.

이 버팀은 끝이 없을 수도 있다.

그 수많은 지독한 권태들.

그러나 이 버팀은 거짓말처럼

어느 한순간 정지하기도 한다.

그러면 내가 준비할 수 없는,

내가 예측하지 못하는,

나를 사로잡는 것들의 파편들이

서로에게 뛰어들어 만드는 돌연스럽고 놀라운 조형.

내가 아니라 그것들이 스스로 원하는

어떤 시스템 혹은 구조.

그 순간 나는 확신하고

나는 느끼고 나는 울림판이 된다.

그 울림판 위에서 서로를 울려대는

나를 사로잡는 것들의 웅얼거림

그리고 그 웅얼거림에 대답하는 나의 웅얼거림…

그럴 때 나는 완전히 사로잡힌다.

행복한 귀양

릴케의 『유언집』을 읽는다.

릴케의 얼굴은 둘이다.

가열한 문명 비판자의 얼굴과

고독한 릴케의 얼굴.

두 얼굴은 무관할까.

문명은 고독을 폐기한다.

이제는 아무도 고독에 대해서 이야기하지 않는다.

고독이라는 이름의 행복한 귀양에 대해서

아무도 희망을 품지 않는다.

고독의 유배지가 아니라

자본주의의 공장에서 희망들은 대량 생산되고

우리들은 시장에서 그 희망들을 쇼핑하고 소비한다.

거대한 말語

방학 동안 시립 요양소에 일자리를 얻었다.

나는 삼층 병실 담당이다.

환자는 모두 일곱 명이다.

그중에는 카티도 있다.

카티는 지금 꼭 스무 살이다.

몸무게가 300킬로그램이다.

일곱 살 때 목욕을 시켜주던 양부에게

강간당하고 나서 밥 대신 초콜릿만 먹다보니

그렇게 살이 쪘다고 한다.

카티는 오 년째 침대에 누워서 산다.

나는 십 년을 한 번도 침대에서

일어나지 않고 살았던 사람들을 알고 있다.

어떤 은행원은 아침 신문을 읽다가

증권시장이 폭락해버린 사실을 알고는

침대에 누워버린 뒤 죽을 때까지 일어나지 않았다.

또 배역을 얻으려고 다이어트를 심하게 하다가

밥맛을 잃어버리고

역시 십 년을 침대 안에서 붕어처럼

영양액만 빨아 먹다가 죽은

영화배우도 나는 알고 있다.

그들은 모두 대꼬챙이처럼 말라서 죽었다는데

왜 카티는 오히려 거대한 살덩어리가 되었을까.

나는 카티의 몸무게가 초콜릿 탓이라고는

생각하지 않는다.

카티의 300킬로그램 거대한 몸통은

그녀의 침묵 때문이라고 나는 믿는다.

강간을 당하고 초콜릿만 먹기 시작하면서

카티는 실어증 환자가 되었으니까.

일곱 살 때부터 카티는 말을 한마디도 해본 적이

없었으니까…

카티는 하루 종일 침대에 누워서

창밖의 빈 하늘만 바라본다.

나는 아침저녁으로

그녀의 기저귀를 갈아주고 밥을 먹여준다.

지금이라도 그녀가 입을 열고

무슨 말이든 한마디만 밖으로 내보내면

300킬로그램 몸무게도 바람 빠지는 풍선처럼

순식간에 줄어들어 그녀는

날씬하고 아름다운 스무 살 처녀로

변할지도 모른다는 상상을 한다.

정말 카티가 그렇게 되면 얼마나 좋을까.

때때로 나는 그런 상상을 하면서

그녀에게 말을 걸어본다.

안녕, 잘 잤니?

안녕, 맛있었니?

안녕, 무슨 말 좀 하렴…

그러나 카티는 쓰러진 동상처럼

침대 위에서 허공만 바라볼 뿐이다.

어젯밤에도 나는 마지막 기저귀를 갈아주고

방을 나오다가 카티에게 밤 인사를 했다.

안녕, 카티, 좋은 꿈꾸렴.

그런데 돌아서서 막 문고리를 잡았을 때였다.

나는 무슨 소리를 들었다.

놀라서 뒤를 보았지만 카티는 여전히

창밖의 캄캄한 밤하늘만 바라보고 있었다.

하지만 나는 분명히 목소리를 들었다.

내게로 건너오다가 도중에서 끊어져버리고

내 귀의 달팽이관이 겨우 붙잡아서 뇌까지

전달해준 그 어떤 말의 흔적.

아무리 곰곰이 생각해봐도

나는 그 흔적을 문장으로 다시 찾아낼 수가 없었다.

아마 한 달쯤 뒤 카티는 죽었다.

아침에 기저귀를 갈아주려는데

숨을 쉬지 않았다.

그녀의 얇은 폐가 위에서 짓누르는

중량을 이기지 못하고 질식한 거라고 의사는 말했다.

일 톤 트럭이 와서 그녀를 화장터로 데리고 갔다.

300킬로그램 카티도 화장하고 나니까 겨우 한 줌이었다.

카티가 너무 무거워할까봐

관 위에 흙을 한 줌만 뿌리고 나는 마지막 인사를 했다.

안녕, 카티, 이제 초콜릿은 그만 먹으렴.

그리고 돌아섰을 때였다.

나는 또 목소리를 들었다.

카티의 목소리였다.

고마워요, 착한 동양인 아저씨,

그런데 정말 내 말이 그렇게 안 들렸어요?

야유

그 작별의 봄날을 물론

나는 아직도 잊지 못한다.

겨울 동안 얼었던 모든 것이

부드럽게 녹을 때 더 차갑게 꽁꽁 얼었던 마지막 손.

태양은 여전히 찬연하고

꽃들은 흐드러졌었다.

허적이며 거리를 걸을 때

빛나는 햇살과 흐드러지는 꽃들의

야유를 나는 분명 저주했었을 것이다.

그러나 나중에야 나는 알게 되었다.

기뻐도 슬퍼도

자연은 하나의 표현밖에는 모르고 있다는걸.

그래서 그날 햇빛도 꽃들도 너무 슬퍼서

그렇게 미친 듯이 더 아름다워졌다는걸.

그곳

그곳에 가면 피할 수 없이
행복해지고 마는 곳.
그런 곳을 향한 집요한 향수.

불구경

모든 시대는 불탄다.
어떤 사람은 휘발유를 끼얹다가 죽는다.
어떤 사람은 불구경만 하다가 죽는다.
어떤 사람은 물을 길어 나르다가 죽는다.
어떤 사람은 불 속으로 뛰어들어 죽는다.

망각

가끔 잃어버린 물건을 찾을 때가 있다.

동전 하나, 수저 하나, 책 한 권을.

그럴 때 동전은 책이 되고 만년필이 되고 인형이 된다.

그렇게 점점 더 낯선 곳 점점 더 깊은 곳으로

떠내려가서 나는 거대한 망각의 바다 앞에 도착한다.

내가 듣는 건 파도 소리뿐이고

내가 보는 건 술렁이는 물결뿐이다.

그 물속에 어떤 어족들이 살고 있는지

나는 기억하지 못한다.

그 무엇들을 내가 잊었는지조차 나는 알지 못한다.

그러나 나는 조금도 안타깝지 않다.

차라리 그 안의 어족들을 알지 못하는 것이

더 행복하다는 걸

망각의 물결과 소리가 가르쳐주기 때문이다.

잊히지 않고 살아 있는 것들을 위하여

나는 그들이 모르는 행복을 알아야 하는 것이다.

미움

미움은 이상한 싸움이다.
그 사람을 그토록 미워하는 건
그 사람이 정말 추하고 미워질까봐
두렵기 때문이니까.

어떤 행보

결코 목적지에 도착하지 못하는 사람이 있다.
가야 할 길보다 지나온 길이
더 궁금한 사람.
그래서 자꾸만 돌아보다가
목적지를 잊어버리고 마는 그런 사람.

정밀검사

밤늦게 C의 전화.

학교 앞 카페에서 만났다.

국화차를 다 마시고 나서 그녀는 말했다.

내일 아침에 정밀검사를 받아요.

같이 가줄 수 있나요?

혼자 가기가 무서워서요.

진실

가브리엘 잔더는

유대인 수용소 연구로 유명해졌다.

세계 곳곳에서 강연을 하고 기립 박수를 받는다.

특별초청으로 예루살렘을 방문하고,

'진실 규명에 투철한 저널리즘의 정신'으로

미국기자협회로부터 상을 받기도 했다.

그녀가 이번에는 독일 국영 TV와 인터뷰를 한다.

인터뷰 장소는 워싱턴이다.

당신은 독일 사람인데

왜 미국에서 사느냐고 리포터가 묻는다.

그건 고향에서 쫓겨났기 때문이라고 여자는 대답한다.

자기가 태어나서 자랐던 고향의 사람들이

함께 살던 유대인들을 나치에게 고발했던 사실을

박사논문으로 밝힌 뒤에

더는 그곳에서 살 수가 없었다고

그녀는 폭로한다.

그녀의 얼굴이 잠깐 화면에서 사라지더니

워싱턴 나치 유대인 수용소 박물관에 소장되어 있는

흑백 비디오 자료들이 느릿느릿 흘러간다.

뼈만 남은 수많은 시체가

진흙 구덩이에서 끌려 나와

쇼윈도 안에 진열된 구두처럼 줄 맞추어 누워 있다.

당신은 전쟁 세대도 아닌데 왜 유대인 학살에

그렇게 관심이 많으냐고 리포터가 묻는다.

진실은 반드시 밝혀져야 하니까요,

라고 다시 나타난 여자는 대답한다.

여자의 단호한 얼굴 위로

벌거벗은 시체들이 다시 겹쳐진다.

카메라가 한 해골을 클로즈업한다.

숯덩이처럼 새까만 해골이 입을 열고 말한다.

이제는 제발 그만 편안히 죽었으면 좋겠어요.

햇살

C는 빨리 오른쪽 폐의 일부분을 절제해야 한다.

전이가 없으면 완치 가능성이 70퍼센트래요.

그것도 5년이 탈 없이 지나면…

벤치 등받이에 기대면서 C는 말한다.

병원 앞마당에는 햇살이 가득하다.

햇살들은 언제나 병원 앞마당에 모여서 논다.

그곳으로 1

여행의 두 충동.

하나는 언젠가 머물렀던 장소를

다시 찾아가보고 싶은 충동.

또 하나는 아직 가보지 않은 곳으로 떠나고 싶은 충동.

그러나 또 하나의 충동이 있다.

가서는 안 되는 곳으로 떠나고 싶은 충동.

오이포리

며칠째 불면.
불 끄고 눈을 감으면 관 속에 누운 것 같다.
어둠 속에서 아이를 꼭 껴안는다.
비로소 편하고 행복해진다.
그러나 아무런 희망도 없이
희망조차 끼어들지 않은 어떤 느낌
잠보다 더 깊고 가벼운 느낌.

그 사이

오후에 C를 찾아갔다.

핼쑥해진 얼굴. 침대 위에 황금빛 사양이 가득하다.

탁자 위에 놓인 책 두 권.

하나는 프루스트, 또 하나는 칸트의 『판단력 비판』.

프루스트는 평생 기침을 했고

칸트는 평생 산책을 했다던가.

피곤하네요…

C가 다시 침대 위에 눕는다.

프루스트와 칸트 사이에 놓인 침대.

3 ───────────────── 오래된

　　　　　　　　　　　　　　　　　　　착

　　　　　　　　　　　　　　　　　　　각

응시

오래 들여다보면
서글퍼지는 것들이 있다.
돈과 단어.
오래 들여다보면
지도로 변하는 것들이 있다.
백지와 표정 없는 얼굴.

오래된 착각

오랜만에
로미 슈나이더가 나오는 영화를 보았다.
'끝'이라는 자막이 나오고 엔딩 크레디트와 음악.
이제부터 영화는 시작되는 거야.
나는 또 오래된 착각에 빠진다.

소포클레스

소포클레스가

뛰어난 춤꾼이었다는 사실은 유명하다.

하나도 이상할 건 없다.

건강한 가슴만이 비극을 안다.

전조

이쪽 가슴이 텅 빈 것 같아요.
C는 갑자기 소리를 낮추고
절제당한 오른쪽 가슴을 가리킨다.
가슴을 절제한 뒤 생긴 C의 버릇,
그녀는 말하다가 갑자기 목소리를 낮춘다.

포옹 1

어제 병원에서

햇빛이 좋아 C와 벤치에 앉았다.

정말 귀중한 건 뭘까요?

C가 물었다.

글쎄요, 눈 뜨면 늘 있는 그런 거 아닐까요?

그러니까 이런 햇빛…

나는 발밑에서 자글거리는 햇살을 툭툭 찼다.

요즈음 내가 무슨 생각을 하는지 아세요?

갑자기 목소리를 낮추고 C가 말했다.

뭔가 내게 다가왔으면 좋겠어요.

그러면 제일 먼저 오는 걸 껴안고 싶어요.

그게 무어든.

밀실 공포증

토요일.

똑똑, 노크 소리가 난다.

키 작은 노인이 문 앞에서

정중하게 인사한다.

그가 누구인지 벌써 알았지만

나는 그를 안으로 들여서 차를 대접한다.

그는 눈치를 보다가

그림이 화려한 간행물을 꺼내놓고

천국 얘기를 시작한다.

묵묵히 듣다가 나도 눈치를 봐서

슬그머니 말머리를 세상으로 돌린다.

깊은 숨부터 한 번 들이쉰 그가

옛날 얘기를 들려준다.

그는 폴란드의 소년병으로 이차대전에 참전했었고

동부전선에서 포로가 되어 수용소 생활을 했었다.

배고픔과 노동도 힘들었지만 정말 견딜 수 없었던 건

숨쉬기도 힘들 만큼 비좁았던 수용소의 방이었다.

열다섯 평 정도의 방에

서른일곱 명이 수감되어 있었다고 그는 말했다.

그는 전쟁이 끝날 때까지

그곳에서 이 년을 살았는데

지금도 창이 없는 극장 같은 곳에는

갈 수가 없다고 고백했다.

저희는 가난해서 아직 교회가 없습니다.

그는 웃으면서 말했다.

낡은 지하실 방을 하나 구해서

일요일마다 예배를 봅니다.

작지만 편한 곳입니다.

한번 오세요.

모두들 환영할 겁니다.

생각

너무 가벼우면 마약
너무 무거우면 독약.

낙타 1

사막의 낙타는
오아시스의 냄새를 놓치지 않는다.
도시의 낙타는
우울의 냄새를 놓치지 않는다.

어젯밤 꿈 2

나는 이름도 모르는 누군가를 죽였다.
어쩔 줄 모르는 내게
누군가 문이 있는 곳을 알려주었다.
깨어나서 이마에 땀을 닦다가 깨달았다.
그 사람이 내가 죽인 사람이라는걸…

브레이크

C는 내일 요양원으로 떠난다.
알자스 지방에 있다는 상 블레지엥 요양원.
너무 예쁘지 않아요?
카탈로그 표지에 찍혀 있는
하얀 요양원 사진을 보여주면서 C는 웃는다.
갑자기 찢어지듯 날카로운 급브레이크 소리가
열어놓은 창문으로 뛰어든다.
C가 사진처럼 표정을 멈추고 나를 바라본다.

신기루

물론 신기루는 오아시스가 아니다.
그러나 우리를 미치게 하는 건
신기루지 오아시스가 아니다.

그리고 몇 사람은 혼자서 왔다

이렇게 제목이 마음에 들 때는
차라리 TV를 끄고
그 영화를 안 보는 게 현명하다.

행복한 죽음

역에서 C를 배웅했다.

기차에 오르기 전에 책 한 권을 선물로 준다.

표지가 뜨거운 붉은색이다.

카뮈의 『행복한 죽음』.

멂과 가까움

프랑스–독일 문화교류원에서
코프만$^{Sarah Kofman}$의 특강이 있었다.
이 늙고 조그만
신경질적이지만 어쩐지 귀여워 보이는 여자는
데리다^{Derrida}의 제자답게 한 시간의 강의를
이렇게 마무리 지었다.
"너와 나의 거리 때문에 우리는 아파한다.
그러나 만남은 거리의 소멸이 아니다.
거리가 사라지면
우리는 서로에게 가까이 갈 수가 없다.
그리하여 끝없이 나를 뒤로 물러나게 하기…
그 '물러남의 가까움' 속에서만 너와 나는 만난다."

어젯밤 꿈 3

나는 혼자 숲길을 걷고 있었다.

길은 돌면서 점점 깊어졌다.

문득 새빨간 장미 밭이 나타났다.

나는 만발한 장미들 속으로 자꾸만 걸어 들어갔다.

작은 연못이 있었다.

무릎을 꿇고 앉아서 연못 속을 들여다보았다.

유리처럼 맑은 물속에서 붕어들이 놀고 있었다.

칠흑처럼 새까만 붕어 한 마리가 있었다.

그렇게 아름다운 검은색을

나는 한 번도 본 적이 없었다.

투명한 물빛을 반사하는 비단 같은 검은색.

나는 자신도 모르게 물속에 손을 집어넣었다.

연못물은 얼음처럼 차가웠다.

금방 손이 뻣뻣하게 굳어왔지만

아픔을 참으면서 검은 붕어를 추격했다.

추격을 피해서 연못 안을 맴돌던 검은 붕어가 한순간

연못 바닥으로 잠수하기 시작했다.

붕어는 지느러미를 하늘거리면서

끝없이 밑으로 가라앉았다.

나도 점점 더 깊이 물속으로 손을 뻗으며

붕어를 추격했다.

문득 이상한 느낌이 들었다.

나는 놀라서 나를 돌아보았다.

내가 없어지고 있었다.

내 몸이 사지 없는 한 덩어리 육질로 변하면서

석고 반죽처럼 길고 긴 팔 하나로 늘어나고 있었다.

나는 황급히 추격을 중지하고

연못 밖으로 팔을 꺼내려고 했다.

소용없었다. 하늘거리는 검은 붕어의

지느러미를 따라가는 내 손은

점점 더 깊은 물속으로 끝없이 늘어나고 있었다.

갑자기 사방에서 해맑은

여자들의 노랫소리가 들려왔다.

돌아보니 만발한 붉은 장미들이

일제히 머리를 흔들며

소리 높여 합창을 하고 있었다.

카메라의 눈

의미가 되고 싶은가.

그러면 보이는 대로 기록하라.

귀족

동물원 구경.
마침표처럼 새카맣게
허공을 응시하던 철창 안의
까마귀 한 마리.

추억의 늪

새벽에 눈뜨자 팽개쳐진 기분.
이끼처럼 몸에 감기는 추억.
가슴속에서 뒤척이는 단어 하나.
아우 이름.

뒷모습

나는 너를 사랑했다.

너 또한 나를.

이제 너는 나를 떠나간다.

나는 점점 멀어지는 네 등을 안타깝게 바라본다.

너를 알고 나서 처음으로 오래 네 등을 응시한다.

나는 네가 왜 나를 떠나는지를

비로소 깨닫는다.

그 세상

바흐오펜은 그 세상을 '늪의 세계'라고 불렀다.
카프카는 그 세상을 '혼음의 세계'라고 불렀다.
나는 그 세상을
'멜랑콜리의 세계'라고 부른다.

김밥

C로부터 엽서 한 장.

포스트 카드 위에 찍혀 있는 언덕 위의 요양원이

동화책 속의 삽화처럼 아름답다.

한 번 오시겠어요?

오실 때 김밥을 싸오시겠어요?

김밥이 먹고 싶어요.

빨간 홍당무, 새파란 오이, 노란 단무지…

새까만 우울 속에

무지개가 들어 있는 김밥이 너무 먹고 싶어요.

상 블레지엥

간이역은 산 위에 있다.

빈 플랫폼으로 차가운 산바람이 지나간다.

상 블레지엥으로 가는 지방 열차는 금방 도착한다.

창가에 앉는다.

기차는 산허리를 아주 천천히 돌아간다.

창밖으로 보이는 긴 선로는

어쩐지 하늘과 땅 사이 국경을 지나가는 것 같다.

잠시 뒤 기차는 머리를 숙이고

땅으로 내려가기 시작한다.

멀리 산 아래 도시가 눈에 들어온다.

햇빛 때문인지 낮고 작은 도시는

펼쳐놓은 흰 손수건처럼 보인다.

기차를 내려서 택시를 탄다.

택시는 언덕을 몇 개 넘어

'상 블레지엥 여성 요양소'에 도착한다.

요양소는 동화 속의 작은 성처럼

오래되고 아름답다.

면회 신청을 하고 잠깐 기다린다.

환자복을 입고 로비를 오가는 여자들은

모두 젊고 아름답다.

그래서인가, 여자들은 환자가 아니라

그만 못된 마법에 걸려서 유배당한 공주들만 같다.

C가 손을 흔들면서 계단을 내려온다.

그녀의 방으로 간다.

작은 방은 벽도 가구도 시트도 모두 하얗다.

도시락 안에 빽빽한 새카만 김밥들.

얼른 손이 안 간다.

나중에 먹을게요.

C가 도시락을 다시 닫는다.

밖으로 나가서 산책을 한다.

오후 햇빛이 좋다.

녹은 눈이 나뭇가지에서 떨어진다.

벤치에 앉는다.

찬바람이 지나가고

C는 스카프를 한 번 더 감아서 목에 두른다.

문득 C가 허리를 굽히고

땅 위에 앉은 눈들을 손가락으로 걷어낸다.

연초록 잎이 햇빛 속으로 드러난다.

눈 속에서도 싹이 트네요…

C는 눈을 자꾸만 걷어낸다.

눈 속이라도 따뜻하면 싹이 트나 봐요…

C는 버스 정류장까지 따라왔다.

버스가 움직일 때 C가 웃으면서 손을 흔들었다.

오후 햇빛이 그녀의 안경 안에 가득했다.

그 안에 곡선으로 그어진 눈이 선하다.

간이역에서 다시 기차를 기다린다.

산 아래 먼 숲들은 어둡고 무슨 소리가 들린다.

기차가 산허리를 돌아갈 때

멀리 상 블레지엥이 보인다.

점점 도시가 멀어진다.

조금씩 녹는 한 줌 눈송이처럼.

그들만의 언어

역사란 무엇일까.

역사는 죽은 사람들이 살아갔던 생들의 총합이다.

죽은 사람 하나하나는 사라졌어도

그들이 살았던 생들의 총합은 죽지 않았다.

그들은 여전히 살아서 말하고 있다,

부르고 있다, 통신을 보내고 있다,

그러나 그들만의 다른 언어로.

초저녁 침대

이럴 때면 들리는 시간의 낮은 웃음소리가 있다.

나이 든다는 건 이 웃음소리를

더 자주 듣게 되는 일.

그러나 이 웃음소리가 멜랑콜리의 목소리만은 아니다.

오래 귀 기울이면 환청처럼 들리는 어떤 소리.

사진 속에서 들리는

죽은 아우의 웃음소리처럼.

꿈의 반란

불면.

불면은 가짜 위안을 절제하는 칼이다.

내 것 아닌 희망을 도려내는 수술의 시간.

잠들지 않으려는 꿈들의 반란.

냉소

일요일.

짧은 낮잠.

눈뜨자 더 무거운 머리.

자꾸 끌어당기면서 부르는 소리가 있다.

사랑도 꿈도 이제는 구걸을 그만두자고 혼자 냉소.

저녁 산책.

혼자 술.

아무리 기다려도 찾아들지 않는 부드러움.

아득함

오래 걸으면 어쩐지 서글퍼진다.
왜일까?
삶의 시간은 앞으로 가는데
사랑의 시간은
자꾸만 뒤로 가기 때문일까.

패닉

권력을 없애자면

먼저 권력을 획득해야 합니다, 라고 그는 말한다.

그 웃음이 비굴하다. 그리고 무섭다.

4 _____ 또 다른
세상을 꿈꾸는 사람

넝마주이

세상에 완전한 건

아무것도 없듯이 쓸데없이 있는 것

또한 아무것도 없다.

그래서 수집가는 특별한 물건을 고르는 사람이 아니라

세상의 쓰레기들을 다 끌어모으는 사람이다.

수집가는 넝마주이다.

넝마주이가 쓰레기를 수집하는 건

그것을 소각하기 위해서가 아니다.

그것을 귀중한 것으로 재활용하기 위해서다.

세상 안에서 또 다른 세상을 꿈꾸고 사유하는 사람,

그 사람은 넝마주이다.

귀여운 여인

파스칼은 프랑스 여학생이다.

나는 그녀를 지난 가을학기

하버마스 세미나 스터디 그룹에서 만났다.

그 테마를 선택한 사람은 그녀와 나뿐이고

세미나 발표가 마지막 순번이어서

그녀와 나는 학기 내내 목요일마다 따로 만났다.

몸집이 작고

푸른 눈이 깊고 치열이 상큼한 파스칼은

누가 봐도 상당한 미인이다.

나는 그녀를 만나면 즐겁고 헤어질 때면 아쉽다.

그런 모종의 감정이

그녀가 미인이기 때문만은 아니다.

파스칼에게는 묘한 매력이 있다.

예컨대 그녀는 커피는 아침에만 꼭 한 잔 마신다.

담배는 빨간색 글루와즈를 하루에 꼭 세 개비만 피운다.

그것도 도서관에서 공부하다가 쉴 때에만.

고기는 절대로 먹지 않고

학생 식당에서는 절대로 밥을 먹지 않는다.

열두 시가 되면 마켓에서 직접 야채를 사들고

집에 가서 샐러드를 해먹는다.

자기관리 시스템을 구축하고

그 철옹성 밖으로 한 발자국도

나오는 법이 없는 파스칼.

시스템주의자 파스칼이

아나키스트로 변하는 경우가 있다.

그건 사람을 만날 때다.

파스칼에게는 친구가 아주 많다.

미국, 이탈리아, 체코, 케냐, 이란, 팔레스타인,

아프가니스탄, 브라질, 일본, 중국, 한국…

그녀의 친구들은 다국적이다.

물론 내가 아는 몇 명에게도 다국적 친구들은 있다.

파스칼과 그들은 분명히 다르다.

그들이 코즈모폴리턴이라면

파스칼은 마당발이라고 할까.

선입견은 경계를 만든다.

경계를 지닌 자는 언제나 경계 밖의 것을 관찰한다.

관찰하는 자는 이해는 하지만 섞이지는 않는다.

이 자기 보존적이며 관조적인 태도가

내가 아는 코즈모폴리턴들의 세련되고 정중한 교양이다.

파스칼에게는 이런 교양이 없다.

마당발 파스칼에게는 도대체 경계 개념이 없다.

그녀는 아무나의 문지방을 마음대로 넘나든다.

타자 혹은 타문화는 그녀에게 관찰이 대상이 아니다.

그건 그녀에게 놀라움의 대상이다.

어머나, 세상에, 어쩌면 이런 일이…

타문화의 괴상한 의상, 괴상한 습관, 괴상한 음식 앞에서

파스칼은 놀라고 놀라고 또 놀란다.

그런데 놀라움이란 무엇일까.

그건 가장 높은 상태의 정신적 능력이라고

칸트는 말하지 않았던가.

철저하고 엄중한 시스템주의자 파스칼.

그러면서도 사람을 만나면

천진스럽고 예의를 모르는 파스칼.

파스칼은 귀여운 여인이다.

수석

착각하지 마라.
네가 돌을 사랑한다고
돌도 너를 사랑하는 건 아니다.

오래된 외투

너무 오래된

너무 낡은

너무 무거운

그러나 버릴 수 없는.

신호

밤비 그치고 바람이 분다.

어둠 속에서 잎들이 설렁인다.

젖은 잎들이 몸을 비빈다.

부드러운 소리.

한 번도 본 적 없는

한 번도 잊어본 적 없는

어떤 여자의 목소리처럼.

긴 여행의 끝처럼 피부 아래로 모호한 피곤이 흐른다.

나는 자꾸만 낮은 곳으로 가라앉는다.

이건 깊은 잠의 달콤한 유혹이 아니다.

이건 눈뜨기 시작하는 모세혈관들의 불안한 들뜸이다.

낯선, 아주 긴, 목적지를 모르는

어떤 여행의 신호다.

광대

옛날에 광대는
자기가 광대라는 걸 알고 있었다.
그래서 연극이 끝나면 광대는 무대 뒤에서 울었다.
지금은 아무도 자신을 광대라고 생각하지 않는다.
누구나 광대이면서…

풍경

우울과 열정 사이에서
창문은 열린다.
그 창문 너머로
보이는 풍경이 있다.
이 풍경은 자주 내게
어떤 사람의 얼굴이다.
한 번도 본 적이 없지만
하나도 낯설지 않은 얼굴.

히스테리 1

부자란 누구인가.
그들은 자기 것도 아닌 것을
빼앗길까봐 애를 태우는 사람들이다.
빈자란 누구인가.
그들은 자기 것도 아닌 것을
빼앗겼다고 속을 썩이는 사람들이다.

동물

인간은 자기가 동물이 아니라고 주장하는
유일한 동물이다.
밤마다 침대 곁으로 찾아드는 동물이 있다.
이 동물이 요즘 자주 나타난다.
꿈속에서 소리 없이 바라보고
베개 속에서 소리 없이 중얼거린다…

니르바나

부처는 왜 성자일까.

그건 그가 니르바나의 세계로 들어갔기 때문이 아니다.

그건 그가 그곳으로 들어가서

두 번 다시 밖으로

나오지 않았기 때문이다.

백화점

점심을 먹고 나면 늘 괴롭다.

읽는 일도 생각하는 일도

잠 앞에서는 속수무책이다.

오늘은 식곤증을 쫓으려고

새로 단장한 백화점 구경을 했다.

일층에서 오층까지 어슬렁거리며 산책을 했다.

상품들이 너무 아름답다.

시계, 반지, 가방, 구두, 식기, 화장품, 액세서리.

진열된 상품들은 모두가 빛나고 곱고

화려하다. 완벽하다.

상품들 앞에서 어쩐지 부끄럽다.

옥상 카페에서 블랙커피를 마셨다.

혀 위의 커피 맛처럼 씁쓸한 질문 하나.

사람들은 저렇게 아름답고 완벽한 물건을 만드는데

삶은 왜 그렇게 불완전하고 신산스러운 걸까.

기억 2

그를 자꾸 기억하는 건
그를 잊기 위해서다.
그는 나의 기억을 피해서
더 깊은 망각 속으로 숨는다.

기억 3

내가 그를 기억하는 것이 아니다.
그가 나를 기억한다.

패러독스

가슴은 빙하.
물고기 한 마리 살지 못한다.
머리는 사막.
풀 한 포기 자라지 못한다.
그러나 묘한 일.
이럴 때 나는
사랑을 확신한다.

세상

산다는 게
살아남기가 되는 곳.

헛소리

지루한 모임.

취기 때문에 두통.

누워서 생각하니까

오늘 나는 너무 말을 많이 했고

거의 모두는 거짓말이었다.

예를 들면 이런 말.

"우리는 무엇을 소유하기 위해서가 아니라

그 무엇을 이미 소유하고 있기 때문에 살아간다.

사는 일이 행복하지 못한 건

이미 갖고 있는 그 무엇을

우리가 잊고 있기 때문이다."

거미줄

창틀 밑 구석진 곳에
거미줄이 있었다.
거미줄 한가운데 거미 한 마리가
굶어 죽어 있었다.
나방 한 마리가 그 곁에서 몸부림치면서
날개를 파닥이고 있었다.

낙타 2

동물원 구경.

언제나 얄미운 건 원숭이,

언제나 가엾은 건 곰,

언제나 수면 부족인 건 치타,

그런데 전에는 못 보았던 낙타가 한 마리 있다.

운명처럼 등에 솟은 혹,

직각으로 세운 긴 목,

땅을 디디고 직립한 가는 네 다리,

정면을 직시하는 메마른 두 눈.

그래, 낙타야.

너는 돌아가도 사막뿐이구나.

돌아오는 길에 호프에 들러

맥주를 마셨다.

L의 철학 이야기는 귓전으로 흘러가고

머릿속에 낙타 한 마리만 우뚝 서 있다.

취기 때문인가,

어쩐지 낙타의 두 눈이 다시 보인다.

정면을 노려보는 눈이 아니라

빈 하늘을 응시하는 깊고 선한 두 눈.

그래, 낙타야, 사막이면 어떠냐,

그곳은 네 고향이 아니더냐.

스노비즘 1

하나도 특별하지 않은 사람들의
특별함에 대한 욕망.

아토피

그의 글은 피부병 같다.

읽으면 심하게 생각을 긁어야 한다.

마음이든 머리든 상처가 난다.

긁으면 시원해서 긁는 걸 그만둘 수가 없다.

새벽의 악몽

나는 좁고 어두운 계단을 올라간다.

계단 끝은 허름한 병원이다.

때 묻은 유리문을 밀고 안으로 들어간다.

문이 또 하나 있고

그 안은 환자 대기실이다.

사람들이 앉아 있다.

의자는 창이 있는 벽 쪽에도 있는데

사람들은 모두 커다란 액자가 걸려 있는

건너편 벽 쪽에만 앉아 있다(액자 안은 비어 있다).

나도 그쪽에서 의자를 찾는다.

빈 의자가 하나도 없다.

어쩔 수 없이 창 쪽으로 가서

사람들을 마주 보고 앉는다.

작은 창에는 흰 커튼이 닫혀 있다.

조금 전 나는 분명히 캄캄한 밤거리를 걸어서

이곳으로 왔는데

어쩐 일인지 커튼에는

우윳빛 양광에 담뿍 젖어 있다.

마주 앉은 사람들은 모두

나를 바라보고 있었다.

그들은 모두 일곱 명이다, 라고 생각하는데

그 순간 사람들은 부채를 펼치는 것처럼

양쪽으로 늘어나더니

어느새 수십 명이 되었다.

그들은 모두 얼굴의 한쪽이 허물어져 있었다.

다른 한쪽의 얼굴도 부패하고 있는 중이었다.

웬일인지 자줏빛 입술만은

기름을 바른 것처럼 윤이 나는데

반쯤 열린 입술 사이로 드러나 보이는

어두운 속은 붕어 입속처럼

이가 하나도 없이 텅 비어 있었다.

다 같이 입을 반쯤 벌리고 미동도 없이

도열한 그들은 무엇인가에 놀라서

한꺼번에 비명을 지르다가

단체로 사진을 찍힌 것만 같았다.

나는 너무 무서워서 대기실 밖으로 나왔다.

마침 하얀 캡을 쓴 간호사가

복도에 서 있었다.

나는 손가락으로

황급히 대기실 유리문을 가리켜 보였다.

그녀가 작은 소리로 웃기 시작했다.

웃음소리가 점점 커지더니

그녀의 또렷하던 이목구비가

번지는 잉크 방울처럼 점점 알 수 없는 얼굴로 변해갔다.

그녀가 달려들더니

뒷걸음치는 내 허리를 껴안았다.

몸을 빼내려고 했지만

그녀의 힘을 당할 수가 없었다.

발버둥을 치면서 나는 밀리는 대로 끌려간다.

대기실 건너편 서너 걸음 떨어진 곳에

적십자가 그려진 유리문이 있었다.

유리문 안은 긴 복도였고

천장에서 수없이 많은 형광등이

빛을 뿜어내고 있었다.

흰 가운을 단정하게 입고

키가 큰 남자가

복도 한가운데 우뚝 서서

우리들의 몸싸움을 지켜보고 있었다.

나는 얼핏 그의 오른손에 들려 있는

빛나는 가위를 보았고

공포에 휩싸여서 필사적으로 몸부림을 쳤다.

갑자기 큰 하품이라도 하는 것처럼

남자가 입을 벌리고 웃기 시작했다.

유리처럼 반짝이는 치열과 붉은 잇몸이

만개하는 꽃송이처럼 활짝 드러났다.

남자의 웃음소리는 점점 더 커지고

남자가 꽃으로 변해서 마구 피어난다.

웃음소리가 이상하게 내 등 뒤에서 들려오고 있었다.

나는 놀라서 뒤를 돌아보았다.

아내와 아이들이 깔깔거리면서 발을 굴러대고 있었다.

이중감정

그는 착한 사람을 좋아한다.

그는 그 누구보다

착한 사람을 믿지 않는다.

단순함

그가 말했다.

"삶은 단순하기 짝이 없는 거죠."

나는 '단순'이라는 단어가

얼마나 복잡한 단어인지를

비로소 깨닫는다.

멜로디

너무 가난해서
코인 하나마저 주머니에 없다.
자동 커피도 뽑을 수가 없다.
그러자 생겨난 이상한 버릇.
자꾸만 입안에서 어금니를 딱딱 맞추면서
부지중에 씹는 소리를 듣는다.
씹을 게 바람밖에 없어서일까.
더 이상한 건 그 소리가 너무 듣기 좋다는 것.

알레르기

검사 결과가 나왔다.

내 폐는 건강했다.

그럼 왜 가슴이 자꾸만 아플까요?

의사에게 묻다가 부끄러워졌다.

언제부터 나는 폐와 가슴을 혼동하고 있는 걸까?

아무리 혈청 검사를 하고 X-레이를 찍어 봐도

왜 '가슴'이 아픈지는 알 수 없을 것이다.

폐는 건강해도 자꾸만 혼자서 아파하는

또 하나의 호흡기관,

그게 가슴이련만.

사랑

프루스트의 『잃어버린 시간을 찾아서』를 읽는다.

프루스트의 아름다움은

파스테르나크의 아름다움과 비슷하다.

이들의 아름다움은 사물에 대한 사랑에서 온다.

사랑하기 때문에 그들의 언어는

주장을 그만두고 뒤로 물러앉는다.

그 빈자리로 사물들이 스스로 들어선다.

사물들이 빛나고 그 후광으로 언어도 빛난다.

배꼽에 대한 명상

단어가 배꼽처럼 보일 때가 있다.

아픔을 잊고 가장 무뎌진 기관.

최초의 가위질에 자지러졌던 얼굴.

5 ———————————— 아름다운 것은

언
제
나 그
립
다

꼭 그만큼의 거리

불면으로 뒤척이다 깨어난 아침
햇살이 유난히 눈부시면
독한 커피 생각이 난다.
도서관으로 가다가
길 건너 '카페 슈미트'로 들어간다.
이층으로 올라가서
'그 창가 그 테이블'에 앉는다.
커피를 주문하고 창밖으로 거리를 내려다본다.
이른 아침의 거리는 부산하다.
빨간 전차는
서점 앞 정류장에서 막 떠나는 중이다.
이 카페에서는, 내가 아는 한,
부근의 그 어느 카페보다도
농도가 진한 커피를 마실 수 있다.
하지만 이런 아침
내가 굳이 이 카페의 이 테이블에 앉고

싫어 하는 건 또 다른 이유 때문이다.

그건 '그 풍경'을

여기서만 볼 수 있기 때문이다.

앉은 곳이 다르면 풍경도 달라진다.

이층에서 조감하는 풍경은

일층이나 삼층에서 바라보는 풍경과

아주 다르다.

이층에서 내려다보는 풍경은

너무 가깝지도 않고

너무 멀지도 않는 적당한 거리를 지닌다.

하지만 내가 필요로 하는

'꼭 그만큼의 거리'를

나는 이 카페의 이 테이블에서만 발견한다.

꼭 그만큼만의 거리를 사이에 두고

삶의 현장이 풍경이 될 때

나는 늘 내 자리를 되찾은 것처럼 편안하다.

편안함은 내게 불안과 안도감의 균형이다.

불면은 언제나 꼭 그만큼의 거리를

상실했기 때문이다.

불면 뒤에 내가 되찾고 싶은 것 또한

꼭 그만큼의 거리이지만

웬일인지 불면이 없으면

그 거리의 행복이 절실하게 그립지도 않다.

꼭 그만큼의 거리,

그건 내 경우

불면의 패러독스 안에서만

확인되는 그런 거리다.

낮은 소리

멜랑콜리는 낮은 목소리다.

높은 목소리가 누르는 낮은 목소리다.

혹은 누르지도 않았는데

자꾸만 가라앉는 낮은 목소리다.

혹은 스스로 누르면서

점점 더 낮아지는 낮은 목소리다.

이 낮은 목소리가 들리기 시작하면

들리기는 하지만 알아들을 수는 없는

그 신호가 궁금하고 안타까워서

나는 귀 기울이고 조심조심

그 낮은 목소리를

나의 청력권 안으로 불러들이지만

그러나 소용이 없다.

자꾸만 가라앉는

그 낮은 목소리의 침강을

나는 막을 수가 없다.

아무리 음성을 낮추어도

나의 성대는 너무 큰 소리를 내며 울리고

낮은 목소리는 점점 더 작아져서

내 청력권 밖으로 멀어진다.

들으려고 하면 더 깊은 곳으로 하강하는

　낮은 목소리,

막을 수 없는 어떤 신호의 침강

멜랑콜리.

히스테리 2

가난하면 히스테리가 눈을 뜬다.

식권을 사는 대신

차라리 커피를 마시기로 한다.

창가에 앉아서 독한 커피를 주문한다.

불현듯 창문 앞으로 트럭 한 대가 달려든다.

샛노란 유니폼을 입은 남자가 기중기를 타고

무성한 가로수 잎들 속으로 쳐들어간다.

그는 전기톱을 휘둘러

사정없이 나뭇가지들을 잘라낸다.

보도 위에 쌓이는 나뭇가지들이

형벌당한 지체肢體들처럼 참혹하다.

그 위로 낮은 바람.

끊어진 지체에 매달린

새파란 잎들이 철없이 흔들린다.

한없이 연약하고 부드러운 그 흔들림.

거울

거울을 바꿔 걸어야겠다.

거울이 나를 보도록.

노인학

두 노인이
무엇을 집요하게 노리는지를
조금만 눈여겨본 사람은 안다.
그들이 노리는 건
자동판매기의 거스름통이다.
그 안에는 가끔씩 주인이 잊고 간
동전이 들어 있다.
두 노인이 노리는 건 이 눈먼 동전들이다.
그들의 사냥법은 완전히 다르다.
마르고 왜소한 안경잡이 노인은
모르는 척 뒷짐을 지고 지나가다가
갑자기 방향을 바꾸고 돌진해서
거스름통을 손가락으로 훑어낸다.
딱 한 번만 그러나 빠르고 정확하게.
이 노인의 사냥법은
파충류를 닮았다.

다른 노인은 멀리서부터

자동판매기를 겨냥하고 느릿느릿 걸어온다.

아예 판매기 앞에 무릎을 꿇고 앉아서

거스름통 안을 점검한다.

천천히 몇 번씩 반복해서.

누군가 커피를 뽑으려고 뒤에 서면

그제야 씩 웃으며 비켜준다.

마지막으로 한 번 더 손가락을

거스름통 안에 넣는 걸 잊지 않는다.

이 노인은 하이에나를 연상시킨다.

동물들의 생존 테크닉이

사람의 몸속에도 입력되었다는 건

새로운 사실도 민망한 사실도 아니다.

하지만 인간과 동물이

갑자기 비슷하게 보일 때

그건 분노를 불러일으킨다.

인간을 영원히 동물로부터

해방시키지 못하는 것이

본능보다는 가난 때문이라는 사실 때문이다.

적

적이 없다면 나도 없다.
문제는 적은 언제나 하나가 아니라
여럿이라는 것이다.
내가 하나가 아니라 여럿이듯이.
그리하여 머릿속에서 마음속에서
벌어지는 난장판의 싸움.

피곤

피곤은 유황.

정신의 심지에 불을 당긴다.

기도

바라옵건대 피어나는 것은
완전히 피게 하고
썩어가는 것은
완전히 썩도록 하소서.

포트레이트

초상화를 오래 들여다보면
이렇게 묻게 된다.
"이 그림을 그린 사람은
도대체 어떤 사람일까."
초상사진을 오래 들여다보면
이렇게 묻게 된다.
"사진 속의 이 사람은
도대체 어떤 사람일까."

행복의 운명

아침 산책.

사차선 차도를 건너서 천변 길로 들어선다.

채마밭이 있는 들판이 이어진다.

땅을 꼭꼭 눌러 밟으며 걷는다.

하늘 위로 한 떼의 새들이 날아간다.

하강하던 새들은 빠르게 상승한다.

새들의 날개는 빛나고

날개가 긋고 지나간 허공 위의 포물선도 얼핏 빛난다.

돌아와서 청소를 하고 커피를 끓인다.

오랜만에 음악을 듣는다.

크레셴도가 이어질 때

갑자기 주변이 한없이 적막하다.

아직 햇빛이 들지 않은 방 안은

푸른 물속 같다.

담배에 불을 붙이고

책상 앞에 앉는다.

아버지의 사진을 오래 들여다본다.

아버지의 텅 빈 이마가 점점 넓어진다.

아무것도 없는 공간

아버지의 이마 안으로

서서히 걸어 들어가는 착각에 빠진다.

착각이 깊어질수록 몸속이 비어가는 걸 느낀다.

몸이 아버지의 이마처럼 텅 빈다.

아무것도 원하지 않는 어떤 공간 혹은 욕망.

이 이상한 신체의 환기.

그래, 나는 지금 소망 없이 행복한 것이리라,

이 행복의 순간을 기록해야 한다는 강박감만 없다면.

그곳으로 2

그곳에 가고 싶다.

사방의 문을 여며 닫고

그곳에 누워 있고 싶다.

누군가를 기다려도 좋고

아무도 오지 않아도 좋다.

누구나 내가 기다리는 사람이 어차피 아니다.

누군가 오면 그를 쫓아낼 힘이 내게는 없지만

힘이 없어 나는 그곳에서 행복하고 평화롭다.

누군가가 침입해도

나는 그를 얼마든지 용서할 수 있다.

적어도 그는 나를 추방할 수 없을 것이다.

나 또한 그를 추방할 수 없지만

내가 그와 함께 있는 것은 아니다.

다만 그들이 자꾸만 그곳으로 들어올 뿐이다.

아무리 많은 이들이 그곳을 점령했어도

나는 늘 그곳에서 안전했다.

그곳에 나의 자리는 남아 있고

나는 그곳에서 영원히 머무를 수 있겠지만

나는 늘 그곳을 스스로 떠나왔다.

아무도 나를 추방할 수 없는 곳

아무도 나를 추방하지 않지만

늘 나만이 추방당하는 곳

그곳에 나는 또 가고 싶다.

기억 4

꿈꾸기도 싫고
깨어나기도 싫을 때
그 사이로 오는 것.

슈샤인 보이

구두에 광을 내자면
구두약만으로는 안 된다.
침을 뱉어야 한다.

막차

나를 팽개치고 떠나는 것들.
그래서 나를 황홀하게 하는 것들.

스노비즘 2

예절은 세련된 무관심.

미소는 우아한 규범.

배려는 품위 있는 계산.

명품 1

발레리에 따르면
젊음은 명품을 증오한다.
명품은 완전한 것이고
완전한 것은 젊음에게 할 일을
남겨두지 않기 때문에.
그런데 이 시대의 젊음들은?

얼굴

정신이 신체로 부활한 얼굴이 있다.
신체가 정신으로 승화한 얼굴이 있다.
신체를 포기하고
정신만 남아버린 얼굴이 있다.
정신을 죽이고
신체만 살아남은 얼굴이 있다.

이상한 에코

그의 사진을 다시 본다.

사진은 말이 없다.

아무리 오래 들여다봐도

아무 말도 하지 않는다.

내가 먼저

사진에게 말하기 시작한다.

나는 혼자 웅얼거리기 시작한다.

끝없이, 안심하고.

그러면서 확인한다.

내 말을 다 들어주는 것

그것이 사진이라는걸.

사진은 내 말을 다 들어준다.

모두 다시 돌려준다.

사진은 에코다.

나는 내 말을 모두 다시 듣는다.

이상한 에코다.

돌아온 내 말은 떨리고

흔들리고 빛난다.

내 말은 이제 의미가 아니라 느낌이다.

내 밖으로 나가는 게 아니라

내 안으로 들어온다.

나는 다시 그 사진을 오래 들여다본다.

그러면 사진이 말하기 시작한다.

그가, 다시는 만날 수 없는

그가 말하기 시작한다.

감정의 패배

감정에 패배당하는 두 순간이 있다.

하나는 감정의 홍수를 만날 때.

아주 작은 접촉, 아주 사소한 느낌이

갑자기 홍수로 변한다.

막을 수 없는 느낌의 범람 앞에서

의식의 필터는 함께 쓸려 내려간다.

느낌의 급류 속에서

나는 허우적대다 글쓰기를 포기하고 익사한다.

또 하나의 패배는 사막에서 일어난다.

이때도 미세한 접촉이 시작이다.

홀연히 나는 시들기 시작한다.

모든 감각이 풀풀 모래로 변하고

나는 벌써 사막이다.

뜨거운 무감각의 태양 밑에서

나는 수관이 말라버린 낙타처럼 질식한다.

사라지는 것들

감상으로 유치해진 시인은 말한다,
아름다운 것은 위대한 것이라고
그것은 언제나 '사라지는 것'이라고
그래서 아름다운 것은
언제나 '그리운 것'이라고.
고통으로 세련된 시인은 말한다,
아무짝에도 쓸데없는 것,
그것이 아름다운 것이라고,
그것이 속절없이 사라지는 건
우리가 그것을 버리기 때문이라고,
그것을 그리워만 하는 건
우리가 그것에게
자리를 양보하지 않기 때문이라고.

연

어린 시절 나도 연을 날렸다.

연은 하늘 높이 날아오르고

나는 연이 너무 자랑스러웠다.

그때 사나운 연 하나가 날아와서 내 연을 감았다.

내 연은 허리가 끊어지고 손안에는 연줄만 남았다.

바람에 떠내려간 내 연은 산 너머로 사라져버렸다.

나는 연줄을 땅에 버렸다.

놀다가 돌아보니 어느새 황혼이었다.

보리밭 사이를 걸어 집으로 오다가

문득 나는 빈손을 펴고 들여다보았다.

황혼이 물든 빈 손안에 마지막 연줄의 느낌이

아직도 아련하게 남아 있었다.

이유도 모르고 나는 울었다.

혼자 있는 깊은 밤,

내게는 하염없이 빈손을 들여다보는 버릇이 생겼다.

핑크 플로이드

우리들의 음악은

LSD의 천연색 침묵을 표현한다.

미로 게임

미로 안으로 들어간 두 사람.

한 사람은 미로를 잘 빠져나온다.

얽히고설킨 길들의 논리를 잘 파악하고

요리조리 열린 통로를 잘 선택하면서.

또 한 사람은 좀 이상하다.

그도 밖으로 나오려고 한다.

그런데 그는 점점 더 깊이 미로 안으로 빠져 들어간다.

더 이상한 건

뻔히 찾을 수 있는 길도

놓치고 마는 그의 아둔함이 아니다.

더 이상한 건 그가 계속 헛짚는

선택 때문에 불안해하다가

어느 사이엔가 그 헤맴을 즐기는

모습을 보인다는 것이다.

그때 우리는 그의 집요한 헤맴 안에서

그가 무엇인가를

또한 집요하게 찾고 있다는

혹은 그 무엇인가가

그를 집요하게 유혹하고 있다는 느낌을 받는다.

그리하여 그의 목적은 이제

미로 밖으로 나가는 게 아니라

더 깊은 미로를 찾아 헤매는 것만 같다.

새벽

갑자기 꿈에서 깨어난다.
꿈 깬 눈 안으로만 깃드는 꿈이 있다.

예감

오늘은 아침부터
내 몸에서
생선 썩는 냄새가 난다.

양심

세상에서 가장 튼튼한 틀니.

구토

쓰레기가
쓰레기통 앞에서
쇼크를 받았을 때.

TV 토론

립 서비스
혹은 가상 전투.

보석

빛 속에서만 빛나는 것.

고독

세상에서 제일 큰 영화관.

비전향 장기수

그들이 마침내 고향으로 간다.
나는 언제나 고향으로 가나.
끝까지 버티면 고향으로 가나.

6 —————————————— 기억 너머에
대
한
기
억

두 사랑

사랑에는 두 가지가 있다.

하나는 존재에 대한 사랑 to be

다른 하나는 소유에 대한 사랑 to have.

소유에 대한 사랑은

그 사람의 가질 수 있는 것들을 사랑한다.

그 사람의 자본, 그 사람의 지식,

그 사람의 신체 등등.

존재에 대한 사랑은

그 사람의 가질 수 없는 것들 앞에서 불타오른다.

그 사람의 냄새, 그 사람의 표정,

그 사람의 몸짓, 그 사람의 목소리,

그 사람의 우울, 아픔, 히스테리까지.

하지만 이 두 사랑을 분리할 수 있을까.

두 사랑 사이에는

내밀한 관련성이 있지 않을까.

데카당스

야경이 너무 아름답다.

병들어갈수록 아름다워지는 것들.

화이트 노이즈 1

어떤 것이

종잡을 수 없도록 복잡한 건

그것이

존재하지 않기 때문이다.

클로즈업

거대한 애도.
이미 없는 것
그러나 없으면 안 되는 것,
그 사이에서
끝없이 부풀어 오르기.

욕망의 발견

사로잡으려는 욕망 대신
사로잡히려는 욕망을 찾아서.

선택

그 일이 그렇게 하기 싫은가.

그 일이 바로 네가 하고 싶은 일이다.

고래 아가리

'마침내 삼켜지고 말 것'이라는

오래된 공포.

어떤 어둡고 깊은 목구멍에 대한 환영.

유년의 달리기 체험.

그는 100미터 달리기에서 항상 꼴찌를 했다.

출발선에서는 눈을 부릅뜨지만

달리다 보면 어느 사이 눈을 꼭 감아버렸다.

아이들은 깔깔거리고 웃었다.

그는 주행선을 완전히 벗어나서

엉뚱한 곳으로 내달렸으니까.

그런데 아이들도 체육 선생님도 몰랐다.

그가 처음부터 눈을 꼭 감는 건 아니라는 걸

결승선이 가까워지면 갑자기 무서워졌다는 걸

그 하얀 결승선 밖

캄캄한 곳으로 뛰어드는 일이.

주방세제

거품이 많아야
믿음이 가는 것들.

신세대

신세대들이 잊어서는 안 되는 것.

매 시대는 신세대를

가장 젊은 세대를

그 시대의 아방가르드라고 명명한다.

그들은 그러면서 신세대를

그 시대의 용병으로

만든다.

멂

아름다운 것은 모두가 '먼 것'이다.
너무도 가까운 것
그러나 소유할 수는 없는 것
그것만이 아름답게 멀다.

클론

외로운 자는
자기를 재생산한다.
인간을 만들었던 신처럼.

명쾌함

명쾌함에는 두 가지가 있다.
하나는 객관적 논리에
꼭 부합되므로 얻어지는 명쾌함.
다른 하나는 그 사람의 생각이
확고부동하므로 드러나는 명쾌함.
사람들은 자주 이 명쾌함을
모호함이라고 부른다.

어떤 곳

굳어 있는 곳이 흐르던 곳이다.
텅 빈 곳이 꿈꾸었던 곳이다.
끊어진 곳이 이어지는 곳이다.

화이트 노이즈 2

첫 기억이 아니라
그 기억 너머에 대한 기억.
홀연히 어떤 웅얼거림이 들린다.
멀리서 가까이서
혹은 멀지도 않고 가깝지도 않은
혹은 멀기도 하고 가깝기도 한
그 어느 곳에서
누군가 혹은 무엇인가
혼자서 또는 서로 이야기하는 소리.
모두가 이리로 가는 것은 아닐까.
모두들 거기에 모여 사는 것은 아닐까.
나의 상상들은
모두가 여기로 가는 것은 아닐까.

명품 2

정말 갖고 싶은 것이 있다.
그것을 우리는 결코 가질 수 없다.
그것을 가지면 삶이 무너진다는 걸
우리는 안다.

멜랑콜리 1

안다는 건
멜랑콜리가 무엇인지를
배운다는 것이다.

일루전

물론 헛것이다.
헛것마저 없으면
무엇을 사랑하면서
살아갈 수 있을까.

사진 2

오래된 사진 한 장.

우리가 그것을 잊은 것이 아니다.

그것이 우리를 잊었다.

사람은 사회 속에 있을 때

누구나 스놉^{Snob}이다.

그러나 고독 속에 있을 때 누구나 귀족이다.

영원한 것은 실재가 아니다.

분위기다.

노동과 에로스

노동다운 노동은 사랑과 유사하다.

노동은 노동다울 때 사랑처럼 열정적이다.

사랑다운 사랑 또한 노동과 유사하다.

사랑은 사랑다울 때

언제나 노동의 가벼움을 내포한다.

소유의 정신

소유는 정신현상이다.
소유한다는 건
그 물건과 오래 함께한다는 것
그 안에 시간의 경험이 쌓인다는 것
사랑이라는 정신이 축적된다는 것이다.
이 사랑의 배신이 투기다.

시간의 침대

시간은 침대다.
삶과 문학은 이 침대를
다르게 사용한다.
인생은 그 안에서 잠들어 꿈꾸고
문학은 그 안에서 깨어나
꿈들을 기억한다.

고래잡이

"함께 고래를 잡으면
에스키모인들은 누가 더 식구가 많은지
필요에 따라서 고기를 나눈다"라는
내레이터의 설명은 가슴을 아프게 한다.
그건 TV 화면이 보여주는 그들의
열악한 자연환경이 안타까워서가 아니다.
고래 한 마리에 매달려 있는
그들의 생존투쟁이 너무 가혹해서도 아니다.
이제는 그 의미가 사라져 버리고 구호로만 존재하는
'나눈다'라는 행위동사가 불러내는
노스탤지어 때문은 더더욱 아니다.
그건 '필요'라는 단어의 충격 때문이다.
필요라는 단어는 돌연 '인간'을 기억하게 한다.
인간은 결국 먹을 것이 충족되어야 하는
일차원적 유기조직체임을
새삼 깨닫게 한다.

그래서 결핍이 인간에게 무엇이며

가난이 왜 인간 모두의 공적일 수밖에 없는지를

다시 인식하게 만든다.

이 범속한 깨달음은

곧 통렬한 분노로 바뀐다.

무엇이 인간의 '필요'마저

더 이상 지킬 수 없도록 세상을 만들었는가.

있는 자들에게 가질 수 있을 만큼

가질 수 있도록 허락하고

없는 자들에게 유기조직을 보존할 수 있는

필요조차 인정하지 않으면서도

아무 일 없는 세상이 어떻게 가능한가.

이 질문 앞에서 '필요'는

더 이상 가슴을 아프게 하는 단어가 아니다.

필요는 아픔으로 눈뜨면서

주체할 수 없는 '분노'의 시선으로

지금 여기 우리들이 만들어놓은

인간의 세상을 노려본다.

멜랑콜리 2

따뜻한 것이 있어야 한다.

그러나 이런 따뜻함은 아니다.

아름다운 것이 있어야 한다.

그러나 이런 아름다움은 아니다.

기쁨이 있어야 한다.

그러나 이런 기쁨은 아니다.

그리하여 또다시 멜랑콜리.

거꾸로 읽기

독서란 무엇인가.

독서는 텍스트를 거꾸로 읽는 일.

우리가 동물에서 진화한 게 아니라 동물이 우리 안에서

진화하고 있다고

태고인들은 자기 안에

한 마리의 동물이 살고 있다고 믿었다.

우리가 하는 모든 일은

우리가 아니라

우리 안의 동물들이 원해서 하는 일이라고

다윈의 진화론을 뒤집어 읽는 일.

바닥짐

바다 위에서 균형을 잡으려면

배 밑에 바닥짐ballast을 실어야 한다.

너무 무거우면 배가 침몰하고

너무 가벼우면 배가 전복되는 바닥짐.

하지만 바닥짐의 균형은

삶에서도 필요하다.

이 바닥짐의 무게를 정확하게 계산하는 일은

얼마나 어려운가.

불협화음

아이와 유치원 가는 길.

흰 눈밭 위에 아침 까마귀 떼.

허공을 향해 한꺼번에 우는 소리.

가래가 끓는 그러나 우렁찬 합창.

그 사이로 등 뒤에서 따라오는 아이가

혼자 부르는 동요.

이상한 불협화음의 음악.

그 울림과 음영의 아름다움,

낯설고도 친숙한 무엇.

작가

진실은 무엇인가.
미리 꿈꾸지 않는 일.
작가는 누구인가.
가장 마지막에
꿈꾸기 시작하는 사람.

탈무드

어제 읽은 유대사.

선조들의 수난이 슬퍼서

눈물을 흘리는 아이들에게 랍비는 말한다.

"책을 더 열심히 읽어라.

책을 읽는 동안에는 울 수가 없다."

7 ———————————— 안타깝지 않은 걸음으로

정류장에서

전차를 기다리는 많은 사람.
그들은 내가 모르는 모든 것을
이미 다 알고 있을지 모른다는 두려움.

곱게 늙기

곱게 늙는 일은
팔이 길어지는 일이 아닐까.
세월이 갈수록 자꾸만 길어져서
구십 세쯤 되면
세상의 모든 무덤을
껴안을 수 있는 긴 두 팔.

희망

희망은
아주 먼 곳에서 온다.
아무리 멀어도 아무리 느려도
하나도 안타깝지 않은 걸음으로
천천히.

상처

어제 C에게 보낸 편지.

"우리는 허파로만 숨을 쉬는 게 아닙니다.

우리는 상처라는 아가미로

더 많이 산소를 마시는지 모릅니다."

비밀

이상한 비밀.
내가 만들었으므로
내가 풀 수 없게 되어버린 비밀.

스승들

때로 삶의 빛나는 얼굴을 보여주어
내게 꿈을 꾸게 했던 사람들.
그들은 모두가 무언가를
포기한 사람들은 아니었는지.

포옹 2

사랑받고 싶다는 욕망.

누군가의 두 팔 안에 꼭 안기고 싶다는 열망.

마침내 그렇게 안기면 너는 어느 사이

그 사람의 한 팔을 잘라버리곤 했었다.

완전히 안기면

그만 흔적 없이 사라지고 말 것 같아서.

혹은 더 깊이 안기고 싶어서.

손님

돌연한 불안.

엎지른 압핀 통처럼

제멋대로 흩어져 곤두서는 신경들.

창가에서 담배를 피울 때

가늘게 떨리는 손가락들,

무서움에 질려 떨고 있는

어린 벌레들처럼 연약하게.

가엾은 마음.

조금씩 가라앉는 불안.

위안은 몸을 발견하는 동안

손님처럼 지나간다.

소망 없는 행복

이런 밤의 시간.

드물게, 정말 드물게,

어쩌면 알 수도 있을 것 같은

'온전한 긍정'.

밤 카페에서

생각에 잠겨서

누군가를 기다리는 젊은 여자.

그녀가 바라보는 창밖으로

조명등 켜진 쇼윈도를 따라서

혼자 걸어가고 있는 남자.

남자의 얼굴 위로 지나가는 빛의 주름들.

여자의 얼굴 위에 앉았다 떠나는

한순간의 수심.

아무도 모르는 것들,

언제나 있는 것들을 얼핏 보아버린 듯.

지붕

맑은 날 아침
높은 곳에 올라간다.
지붕들이 보인다.
군데군데 세월의 버짐이 앉고
그 사이마다로 자라 있는 푸른 이끼들.
그 위로 쏟아지는 청명한 햇빛.
아무런 부끄러움도 없이
다 보여주고 다 받아들이는
헐벗은 평면들.
에로틱,
아주 순수한.

입김

겨울밤 정거장에서.
웃으며 말할 때마다
밤안개 속으로 흩어지는
그 여자의 입김.
꽁꽁 얼어붙은 거리 사이로 잠깐 훈풍.

K 교수

길고 마르고 굽은 신체.

K 노교수의 신체는 오래된 나무를 닮았다.

면담 시간에 둘이 마주 앉으면,

조용히, 조금 펼쳐진 채로,

무릎 위에 놓이거나 책상 위에 얹히거나

턱 밑을 고이는

역시 마르고 긴 손가락들

어쩐지 그 사이에는

나뭇가지 그늘 아래 앉은 피곤한 새들처럼

오랜 기억들이 깃들어 있을 것만 같다.

그래서인가.

그가 강의를 할 때

나는 자주 그만 맥락을 놓치고

어떤 먼 기억의 목소리를 듣는

착각에 빠진다.

투포환

세계육상대회.

검은 투포환이 날아간다.

포물선을 그리면서.

꼬리를 흔들면서.

지느러미를 흔들면서. 아주 멀리,

투포환을 던지듯 아주 멀리 너를 던져라.

거대한 적막의 바다로.

이름 모를 어족들에게로,

즐거운 어족들에게로.

샤먼

샤먼은 이승과 저승 사이에 살지 않는다.
현실과 현실 사이 그 어떤 곳에 산다.
우리들 모두처럼.

그 어디에도 없는 곳

그 어딘가에 있는 곳
하지만 그 어디에도 없는 곳
그런데 그 어디에나 있는 곳
제3의 곳.

깨어나기

새벽에 놀라서 깨어남.

아마도 꿈으로부터.

그러나 하나도 생각나지 않는 꿈.

뒤척일 때 꿈 대신 확인되던 내 몸.

동그랗게 말린 이불 속에 벌레처럼 묻힌 몸.

한없이 작아져서 차라리 없어진 것 같은 몸.

그러나 처절한 몸의 느낌.

돌아누우면서 몽상.

작아지기, 한없이 작아지기, 가슴이 아주 커지도록.

그러자 어디선가 내려와 가슴 위에 얹히던 손.

부드럽고 따뜻한 손. 어쩌면 가보았던

어쩌면 한 번도 가본 적 없는

그 어느 곳에 대한 또렷한 기억.

봄

웃옷을 벗어서 팔에 건 사람들.

전철을 기다리는 사람들.

중년 여자의 볼 위에 아이 같은 홍조.

젊은 여자의 눈 밑에서 반짝이는 잔주름.

수소처럼 거리의 깊은 곳까지 스며 있는 가벼운 햇빛.

햇빛 안으로 들어설 때 문득 내려앉는 어깨.

긴 겨울 사이 방 한 칸도 짓지 못했는데

약속한 손님처럼 찾아든 봄빛의 무게 때문일까.

그러나 걷는 사이

어느덧 들뜨는 걸음.

조용히 숨 쉬며 멀리서 떠오르는 어떤 빈 땅.

걸으면 걸을수록 점점 더 가까워질 듯

정류장을 지나쳐 걷고 또 걷고.

마음 안에서 조용히 부푸는 기쁨.

두 개의 세계 안에 산다는 은밀한 기쁨.

느낌

볼 수는 없어도
알 수는 없어도
느낄 수는 있다.
이 느낌이 모르는 것,
이 느낌으로부터 숨을 수 있는 것은
아무것도 없다.
이 느낌을 투명하게 빛나도록 갈고닦을 것.
인식의 무기로 연마할 것.

먼지

그때, 먼지들이 햇빛 속에서
하얗게 떠도는 병원의 아침 창가에서
내가 보았던 아우의 눈.
죽어가는 사람의 눈.
세상의 모든 것을 먼지로 바라보던 눈.
죽음 쪽에서 이쪽을 바라보던 눈.
이후 나는 그 눈에 감염되어버린 것일까.

붉은 기억

깨어나서 혼자 포도주.

타오르는 붉은 액체.

고생대처럼 먼 지난 시간들.

그 안에 묻혀 있는 기억의 조개탄들.

이런 밤, 캐지도 않았는데

이글거리며 타오르는 기억의 조개탄들.

빛들의 상형문자

일요일의 아침 산책.

은밀한 상형문자로 가득한 세상.

길 위에 구르는 돌들

물 위에 흐르는 햇빛

마주 보고 선 나무들

하늘에는 점점이 구름들

음표처럼 높고 낮은 건물들

앞서가는 아이의 팔랑이는 머리칼

물가의 벤치에서 신문 읽는 노인

마른 목의 주름들, 그 주름들 사이로 깃든 햇빛

바람 소리, 부드러운 그늘

땅 위에 누운 그림자들.

나무들도 건물들도

아이도 노인도 또 나도

서로 껴안고 누워 있는

그림자들의 그늘.

그 안에 물든 아침 햇빛.

입김처럼 따뜻하고 부드러운 한 줌의 햇빛.

그 빛 안에 아우의 얼굴.

메두사

오른쪽을 누르면 왼쪽에서
왼쪽을 누르면 오른쪽에서
또 살아나는 것들에 대한 내 미움.
분노와 좌절, 꿈과 희망.
그 어느 쪽과도
완전하게 작별할 수 없음에 대한 두려움.

잔인한 미풍

새벽의 사소한 격통.

온몸의 혈들 사이로 지나가는 엄청난 미진.

나를 옹위하는 모든 개념의

바리케이드를 허물고 지나가는

잔인한 미풍.

카프카의 욕망

때로 내가

하나의 음식이라는 상상을 한다.

아직 그 맛이 알려지지 않은 음식

그래서 아무도 주문하지 않는 고독한 음식.

나의 욕망은 음식의 욕망이다.

누군가에게 맛있게 먹혀지고 싶은 욕망,

부드러운 유동식처럼 그에게 소화되고 싶은,

그의 세포 곳곳으로 스며들고 싶은 욕망.

카프카의 단식광대는 말한다.

"나도 마음껏 먹고 싶어요.

하지만 맛있는 음식을 찾을 수가 없었어요."

카프카의 광대는

맛있는 음식을 찾으려고만 한다.

그는 자기가 얼마나 맛있는 음식인지,

그런 음식이 될 수 있는지를 생각해보지 않았다.

그가 찾아야 하는 건

맛있는 음식이 아니라
자기를 맛있게 먹어줄
누군가가 아니었을까.

울림

문학의 언어는
현자의 가슴처럼 자주 변한다.

나비 한 마리

아침 산책길에
하염없이 들여다본 마른 꽃 한 송이.
마르고 갈라진 내 손바닥을 읽듯이.
돌아올 때 그 꽃 위에
고요하게 앉아 있던 나비 한 마리…

4년의 시간에 담겨진 그의 생각들
❙ 남편 김진영을 기억하며

남편이 떠난 지 벌써 2년 반이 되어갑니다. 바로 어제
일 같은데 시간은 멈추지 않고 무심히 흘러갑니다. 이번
설에도 양주에 있는 남편의 산소를 찾아갔습니다. 이날은
유난히 따뜻해서 딸과 아들, 함께 사는 강아지 '마리'와
오래 산에 머물다 왔습니다.

산소에 갈 때마다 항상 어디선가 새 한 마리가 날아듭
니다. 새는 남편의 반송 위를 맴돌기도 하고 때로는 춤추
며 하늘 위를 힘껏 날아오르기도 합니다. 목을 빼서 하늘
을 바라보면 그 새가 우리에게 어떤 말을 하려는 것 같은
느낌으로 다가옵니다. 무슨 말을 하려는 걸까 묻는 순간
그 새는 다시 먼 저곳으로 날아갑니다.

남편은 떠났지만 어딘가에 그의 흔적이 글로 고스란히
남아 있고 그 글이 저와 아이들에게 위안이 되어줍니다.

그의 목소리가 들리는 듯합니다. 그리움은 사랑이 되어 우리를 감싸줍니다.

남편은 매일 책상에 앉아서 몇 시간씩 컴퓨터 자판을 두드리며 글을 썼습니다. 가벼운 노트북이라 살살 눌러도 되는데 손끝이 매운지 자판 소리가 타다닥타다닥 크게 울려서 거실에까지 들릴 정도였습니다. 그렇게 세게 치면 자판이 고장난다고 잔소리를 해도 그 습관은 고쳐지지 않았고 어느덧 그 소리가 우리 가족에겐 너무나 친숙해졌습니다. 지금도 남편이 쓰던 방과 책장을 보면 어디선가 그 소리가 들리는 듯한 착각에 빠질 때도 있습니다. 그렇게 그가 남긴 메모리에는 단상들, 강의록, 일기, 편지글, 단편소설들이 남아 있습니다. 특히 소설은 미완성으로 남아 있습니다.

이번에 출간되는 『사랑의 기억』은 남편이 1997년부터 2000년까지 독일 유학 시절에 쓴 아포리즘입니다. 남편이 일기의 종합본으로 편집해놓은 네 권 가운데 첫 번째 권입니다. 이 글 속에는 4년의 시간을 어떤 시선으로 바라보고 인간을 어떻게 사랑했는지가 잘 담겨 있습니다.

남편은 이 아포리즘에 '얼어붙은 가슴'이라는 제목을 붙였습니다. 아마도 1994년 갑작스런 암으로 동생을 잃은 슬픔을 이렇게 표현한 것 같습니다. 남편과 달리 그의 아우는 외향적이고 성격이 활달했습니다. 그런 아우가 어느 날 갑자기 암에 걸려 두 달도 안 되는 사이에 세상을 떠나게 되었습니다. 그 상실감과 허망함에 한동안 얼마나 힘들어 했는지 옆에 있는 저도 그 시간이 무척 힘들었습니다. 남편이 쓴 「패러독스」의 한 구절처럼 아우를 잃은 그의 가슴은 빙하 그 자체였을 겁니다. 그러나 그는 그때 사랑을 확신했습니다. 모든 걸 잃었다고 생각했을 때 진정한 사랑을 알게 된 것이지요.

『사랑의 기억』이라는 말은 남편이 평소에 좋아했던 문구입니다. 사랑이라는 말이 너무 난무해서 이 시대에는 더 이상 사랑이 없다라고 했던 그의 말이 생각납니다. 그래서 더욱 조심스러운 말이지만 그럼에도 불구하고 우리는 늘 진정한 사랑을 발견하고 또 그렇게 살아가야 한다는 남편 생각을 따라 이 책 제목을 『사랑의 기억』으로 출간하게 되었습니다.

남편은 평소 아포리즘적인 글쓰기를 좋아했습니다. 지금 생각해보면 아포리즘은 그와 너무도 잘 어울리는 글쓰기가 아니었나 생각됩니다. 남편은 저와는 달리 말수가 적었는데 그 말 한마디에 가끔 핵심을 관통하는 무언가가 있었습니다. 깊은 울림이 있었습니다.

이 책을 마주하는 독자들에게도 김진영의 글쓰기가 마음 어느 한구석에 작은 파장이라도 일으킬 수 있으면 좋겠습니다. 상실로 마음이 삭막해졌을 때 이 글을 통해 사랑의 역설을 떠올리기를 바랍니다. 제가 그랬던 것처럼.

2021년 2월 25일
김진영의 아내 김주영 씀

김진영 金鎭英, 1952~2018

　　고려대학교 독어독문학과와 동 대학원을 졸업하고 독일 프라이부르크대학에서 박사 과정을 밟았다. 프랑크푸르트학파의 비판이론과 그중에서도 아도르노와 베냐민의 철학과 미학을 전공으로 공부했으며 그 교양의 바탕 위에서 롤랑 바르트를 비롯한 프랑스 후기 구조주의를 함께 공부했다.

　　특히 소설과 사진, 음악 등 여러 영역의 미적 현상들을 다양한 이론의 도움을 받아 자본주의 문화와 삶이 갇혀 있는 신화성을 드러내고 해체하는 일에 오랜 지적 관심을 두었다. 시민적 비판정신의 부재가 이 시대의 모든 부당한 권력들을 횡행케 하는 근본적인 원인이라고 믿으며 『한겨레』 『현대시학』 등의 신문·잡지에 칼럼을 기고했다.

　　대표작으로는 『아침의 피아노』 『이별의 푸가』 『낯선 기억들』 『상처로 숨 쉬는 법』이 있고, 번역서 『애도 일기』, 강의록 『희망은 과거에서 온다』 『철학자 김진영의 전복적 소설 읽기』 등이 있다. 홍익대학교, 서울예술대학교, 중앙대학교, 한양대학교 등에서 예술과 철학에 관한 강의를 했으며, (사)철학아카데미를 비롯한 여러 인문학 기관에서 철학과 미학을 주제로 강의했다. (사)철학아카데미 대표를 지냈다.

The Memory of Love

by Jin Young Kim

Published by Hangilsa Publishing Co. Ltd., Korea, 2021

사랑의 기억

지은이 김진영
펴낸이 김언호

펴낸곳 (주)도서출판 한길사
등록 1976년 12월 24일
주소 10881 경기도 파주시 광인사길 37
홈페이지 www.hangilsa.co.kr
전자우편 hangilsa@hangilsa.co.kr
전화 031-955-2000~3 **팩스** 031-955-2005

부사장 박관순 **총괄이사** 김서영 **관리이사** 곽명호
영업이사 이경호 **경영이사** 김관영 **편집주간** 백은숙
편집 박희진 노유연 최현경 이한민 박홍민 김영길
마케팅 정아린 **관리** 이주환 문주상 이희문 원선아 이진아
디자인 창포 031-955-2097
CTP출력·인쇄 예림 **제책** 경일제책사

제1판 제1쇄 2021년 3월 10일
제1판 제2쇄 2023년 4월 25일

ⓒ김주영 2021

값 17,000원

ISBN 978-89-356-6858-8 03810